ESSAI MONOGRAPHIQUE

SUR LE

GENRE PIMELIA

(FABRICIUS)

PAR

Le Docteur H. SÉNAC

MEMBRE DE LA SOCIÉTÉ ENTOMOLOGIQUE DE FRANCE, etc., etc.

PREMIÈRE PARTIE

ESPÈCES A TARSES POSTÉRIEURS ET INTERMÉDIAIRES COMPRIMÉS

(1re Division de Solier)

Prix net : 4 fr.

PARIS

NOUVELLE LIBRAIRIE MÉDICALE ET SCIENTIFIQUE, ANCIENNE ET MODERNE

DE JACQUES LECHEVALIER

23, Rue Racine (près l'Odéon et l'École de Médecine)

1884

ESSAI MONOGRAPHIQUE

SUR LE

GENRE PIMELIA

ESSAI MONOGRAPHIQUE

SUR LE

GENRE PIMELIA

(FABRICIUS)

PAR

Le Docteur H. SÉNAC

MEMBRE DE LA SOCIÉTÉ ENTOMOLOGIQUE DE FRANCE, etc., etc.

PREMIÈRE PARTIE

ESPÈCES A TARSES POSTÉRIEURS ET INTERMÉDIAIRES COMPRIMÉS

(1re Division de Solier)

Prix net : 4 fr.

PARIS

NOUVELLE LIBRAIRIE MÉDICALE ET SCIENTIFIQUE, ANCIENNE ET MODERNE

DE JACQUES LECHEVALIER

23, Rue Racine (près l'Odéon et l'École de Médecine)

1884

INTRODUCTION

Le genre *Pimelia* Fabr. est de beaucoup le plus nombreux de ceux qui forment la famille des Pimélites, à laquelle il a donné son nom. Dès l'année 1836, Solier publia, dans les Annales de la Société entomologique de France, un travail important sur ce groupe générique. Ce travail, qui fait partie de son « Essai sur les Collaptérides », est, certainement, encore aujourd'hui, le plus complet qui existe sur la matière. Depuis la publication du travail de Solier, les recherches de MM. Kraatz, Haag von Rutemberg et Baudi de Selve, sont venues apporter un contingent important à la somme des connaissances résumées par Solier. M. Kraatz avait même commencé une révision de la famille des Pimélites (1), et il est fort regrettable que le savant entomologiste de Berlin n'ait pas complété son travail.

Malgré les travaux modernes, dont nous avons cité les auteurs, il est encore aujourd'hui permis d'affirmer, avec Lacordaire, qu'il n'est aucun des genres décrits par Solier qui réclame aussi impérieusement une révision.

Il semblerait, *à priori*, que des insectes, de grande ou de moyenne taille, dussent être faciles à distinguer entre eux, et à ranger dans un ordre méthodique. Il n'en est rien, cependant, et le genre *Pimelia* n'est pas le seul qui fournisse la preuve de difficultés de détermination, quelquefois, beaucoup moindres dans les genres composés de petites espèces.

Les causes des difficultés que présente la détermination exacte des espèces du genre *Pimelia* sont multiples.

Nous indiquerons, d'abord, la variabilité extrême de l'espèce sous l'influence de l'habitat. Les conditions climatériques, la nature du sol, l'altitude différente, rendent souvent très ardue la distinction entre la variété et l'espèce. Nous citerons encore les variations infinies qui se présentent souvent entre les individus d'une même espèce, pris dans une même localité. La forme générale du corps, la taille, la granulation en dessus et en dessous, sont des caractères extrêmement inconstants. Cette circonstance n'est pas, d'ailleurs, l'apanage exclusif du genre *Pimelia* : on la rencontre, et même

(1) Révision des Ténébrioniden der alten Welt. Berlin Nicolaische Verlagsbuchhandlung. (G. Parthey).

encore plus ucée, dans d'autres genres de la famille des Tenebrionides, dans les *Erodius*, par exemple, les *Asida*, etc., etc. Il serait facile, parfois, de décrire dans ces groupes autant d'espèces que d'individus, si l'on n'avait pas sous les yeux les passages de l'une à l'autre.

Une autre raison rend la séparation des espèces, dans le genre *Pimelia*, plus difficile que dans certains autres genres de la même famille, C'est l'ignorance où l'on est resté, jusqu'à présent, de caractères sexuels certains. On a indiqué comme tels, la cambrure plus ou moins marquée des pattes postérieures, en dessus ou en dedans, chez le mâle; la longueur des pattes, l'existence ou l'absence de touffes de poils longs sur les 3e, 4e et 5e articles des antennes dans certaines espèces; la plus ou moins grande largeur du pronotum, etc., etc. Tous ces caractères n'ont pas une valeur plus grande que la taille plus grande, la forme plus massive et plus large, signes par lesquels on distingue généralement les femelles. Bien que nous ayons étudié, avec grand soin, des individus pris accouplés, et des individus dont l'appareil génital faisait saillie au moment de la mort, il nous a été impossible de reconnaître des caractères sexuels constants. Ces caractères existent cependant dans certains autres genres de la même famille, les *Pachyscelis*, par exemple, les *Ocnera*, etc.

D'autres circonstances, encore, rendent la détermination de l'espèce difficile. Telle est l'existence possible de métis; cette existence nous semble probable, surtout dans le sous-genre *Amblyptera*. Nous citerons encore la difficulté de se procurer les types de certaines espèces mal décrites, ou décrites sur un seul individu et par des entomologistes qui, n'ayant pas pris la peine d'étudier le genre avant de donner des descriptions d'espèces, se bornent à indiquer les caractères génériques au lieu de s'attacher aux caractères spécifiques. Enfin, l'absence fréquente de localités certaines ou des indications erronées d'habitat, viennent encore embrouiller la question.

Solier lui-même n'a pas été à l'abri de ces causes d'erreurs. Ses descriptions ont été, souvent, faites sur des individus en petit nombre, et quelquefois de provenance douteuse, ou non précise; cependant, il faut avouer que ses descriptions sont infiniment supérieures à celles de Ménétriès, de Klug, de Fischer de Waldheim, et d'autres auteurs, qui sont inutilisables, si l'on n'a pas les types sous les yeux.

Solier a utilisé la forme et la ciliation des quatre tarses postérieurs, pour établir des coupes artificielles dans le genre *Pimelia*, et il a ainsi facilité notablement la détermination des espèces. Ces caractères nous paraissent devoir être employés encore aujourd'hui. En effet, il est à peu près impossible de leur en substituer d'autres plus certains, et on doit le regretter. Les caractères indiqués par Solier ne sont pas, en effet, à l'abri de tous reproches. Il est difficile, quelquefois, de décider si les tarses postérieurs sont comprimés ou non, et la longueur plus ou moins grande des cils des tarses est un signe souvent trompeur. Ils peuvent, en effet, se raccourcir par les frottements auxquels ils ont été soumis, ou disparaître même, tout à fait, chez des individus déjà vieux : la nature du sol dans la localité où habitent les insectes paraît avoir une grande influence sur la rapidité de l'usure des cils des tarses. Nous en pouvons citer deux exemples bien probants : La *P. Servillei* Sol. a presque toujours les tarses glabres, ou très brièvement ciliés, Or, un des individus typiques de Solier a les quatre tarses postérieurs ciliés aussi longuement que la *P. depressa* (Sol.), et presqu'autant que la *P. inflata* Herbst. — Sur une longue série d'individus de cette dernière espèce, rapportée de Sicile par M. d'Orbigny, notre collègue, pas un seul n'avait de cils aux tarses, qui étaient absolument glabres. Or, nous avons vu, souvent, des individus provenant de la même localité, et chez lesquels les cils des tarses avaient leur aspect normal.

Il en est de même de l'absence ou de l'existence de la pubescence couchée sur les élytres. Il y a des espèces où cette pubescence est presque toujours conservée, d'autres où elle s'efface, au contraire, avec une extrême facilité. Dans le premier cas, l'insecte change singulièrement d'aspect, et cette circonstance peut être le point de départ de méprises. C'est ainsi, par exemple, que Solier a décrit sa *Pimelia Sericea* (nec Ol.) et sa *P. Latreillei* sur deux exemplaires du même insecte, l'un défloré, l'autre ayant conservé sa pubescence.

D'autres caractères indiqués par Solier ne sont pas beaucoup plus certains ; nous citerons, entre autres, la dimension et l'acuité plus ou moins grande du prolongement terminal externe des tibias antérieurs. La granulation de la face inférieure de l'abdomen est d'une variabilité infinie, surtout dans certaines espèces. La granulation du dessus des élytres varie également dans des limites les plus étendues, mais celle du pronotum, surtout, et celle des parties réfléchies, ou des flancs des élytres paraissent être plus constantes.

Nous n'insisterons pas plus longtemps sur cette question, à laquelle nous aurons à revenir, dans le cours de notre travail, lorsque besoin en sera.

Les diverses causes qui viennent d'être indiquées expliquent suffisamment l'embarras qu'on éprouve lorsqu'il s'agit de reconnaître, et de ranger méthodiquement les espèces du genre *Pimelia*. C'est pour l'avoir éprouvée nous-même, après être devenu acquéreur de la riche collection de Tenebrionides de M. Reiche, que nous avons, dans un but d'utilité personnel, soumis à une étude attentive, le genre *Pimelia*. Ce sont les résultats de cette étude que nous nous décidons à publier aujourd'hui, heureux de supprimer, peut-être, quelques-uns des obstacles auxquels nous nous sommes heurté.

Nous n'avons, d'ailleurs, pas d'autre prétention que de marquer une étape sur la route à parcourir pour arriver à la connaissance approfondie d'un genre riche en espèces, et dont le nombre s'accroîtra sans doute beaucoup, à mesure que l'on connaîtra mieux les régions presque inexplorées, à ce point de vue, de l'Afrique et de l'Orient. Puissent nos efforts contribuer à encourager une étude bien attrayante, en raison même des difficultés qu'elle présente.

Il me reste, avant d'entrer en matière, un devoir agréable à remplir. C'est de remercier, ici, les entomologistes qui ont bien voulu m'aider, et sans lesquels j'aurais peut-être reculé devant une entreprise bien au-dessus de mes forces. Les citer tous serait impossible. MM. Bedel, Sédillot, Léveillé, R. Oberthür, de Marseul, Fairmaire, de Bonvouloir, Valery, Mayet, Leprieur, E. Olivier, Olivier de La Marche, Koziorowicz, etc., etc., nous ont puissamment aidé par leurs conseils et leurs communications intéressantes. Qu'ils reçoivent, ici, l'hommage public de notre reconnaissance.

NOTIONS GÉNÉRALES
SUR LE GENRE *PIMELIA*

Le genre *Pimelia*, tel qu'il est constitué depuis les travaux de Solier et de Lacordaire, est reconnaissable aux caractères génériques suivants :

Menton anguleusement élargi latéralement et en arrière, rétréci en avant, où il est divisé en deux lobes par un sinus médian plus ou moins profond. Le menton ne remplit pas entièrement l'échancrure progéniale.

Labre saillant, un peu rétréci en arrière, tronqué ou légèrement sinué, et souvent cilié de poils fauves, en avant.

Yeux latéraux, légèrement réniformes.

Palpes maxillaires à dernier article plus court ou à peine égal à l'avant-dernier.

Antennes variables en longueur et en épaisseur, 2e article court, subnoduleux, 3e plus long que les deux suivants réunis; avant-dernier article transversal, court, cupuliforme, embrassant plus ou moins intimement, le dernier article qui est très petit. Articles antennaires entre le 3e et l'avant-dernier de forme très différente.

Prothorax de forme variable avec ses bords latéraux et les angles réfléchis, non visible lorsqu'on examine l'insecte de haut en bas. Bord antérieur rebordé, plus ou moins concave en avant. Bord postérieur trisinué faiblement; l'un et l'autre sont souvent frangés d'une ligne serrée de cils courts.

Ecusson variable, petit, en T renversé.

Arrière-corps séparé le plus souvent du prothorax par un étranglement notable. Les élytres se réfléchissent latéralement en bas, pour embrasser l'arrière-corps. Cette partie réfléchie est limitée en bas par l'épipleure comprise entre deux bords plus ou moins saillants et se rapprochant postérieurement.

Tibias antérieurs comprimés, plus ou moins triangulaires et amincis sur leur bord externe qui est terminé en bas par un prolongement ou une dent plus ou moins saillante. Tibias intermédiaires prismatiques, toujours plus ou moins aplatis ou creusés en gouttière sur la face dorsale. Cette disposition existe, en général, à un moindre degré pour les tibias des pattes postérieures : il est très rare, cependant, que la face dorsale y soit nettement convexe et semi-cylindrique.

Tarses antérieurs filiformes. Les tarses des pattes intermédiaires et postérieures présentent deux formes différentes : tantôt les premiers articles sont comprimés latéralement, de manière à offrir deux faces latérales et deux bords, l'un antéro-inférieur, l'autre postéro-supérieur ; tantôt ils sont élargis transversalement et triangulaires.

Ainsi caractérisé, le G. *Pimelia* ne peut être méconnu. Dans aucun autre genre de la famille, on ne rencontre l'existence simultanée des tibias intermédiaires prismatiques plus ou moins aplatis ou creusés sur la face dorsale, des tibias antérieurs plus ou moins triangulaires dilatés en dehors à leur extrémité inférieure, et du menton anguleusement élargi en arrière, échancré en avant, et écarté latéralement des bords de l'échancrure progéniale.

Nous n'hésitons pas à réunir de nouveau, et à titre de sous-genre, le genre *Podhomala* Sol., que cet auteur, qui n'en connaissait qu'une seule espèce, a déjà proposé dubitativement de réunir au genre *Pimelia*. Cette réunion, faite par Lacordaire, a été rejetée par M. Kraatz, dans sa Révision des Tenebrionides. L'autoriié qui s'attache si justement aux opinions de cet auteur, nous fait un devoir d'exposer les motifs qui nous font repousser la manière dont il envisage la question.

M. Kraatz invoque à l'appui de la conservation d'un genre spécial pour les espèces de *Podhomala* connues aujourd'hui, les caractères suivants, que nous traduisons littéralement :

« Bien que Solier ait dit, en terminant l'exposé des caractères gé-
« nériques (du genre *Podhomala*), que l'on pourrait peut-être réunir
« ce genre au genre *Pimelia*, et, bien que Lacordaire ait effectué
« cette réunion, les espèces du genre *Podhomala* présentent un en-
« semble de caractères qui leur sont propres, et qui nous semblent
« rendre la séparation des deux genres beaucoup plus naturelle que
« leur réunion. Leur faciès est tout particulier et résulte de leurs
« antennes minces, de leurs pattes grêles et de leur pronotum qui
« est très petit : à ces caractères il faut ajouter la pubescence d'un
« gris argenté du dessous du corps, analogue à celle que l'on observe
« dans le genre *Diesia*. Dans les *Pimelia*, lorsque quelques-unes des
« quatre côtes, qu'elles présentent habituellement, viennent à man-
« quer, ce sont les côtes dorsales, et parfois, outre celles-ci, les côtes
« latérale et marginale. Les trois côtes du genre *Podhomala* ont, au
« contraire, une situation toute différente. En effet, au lieu de la côte
« latérale et de la côte marginale, il n'en existe qu'une seule. Entre
« celle-ci et la première côte dorsale, s'en trouve une autre, presque
« au milieu de l'espace qui la sépare, ou un peu plus près de la
« première côte dorsale ; cette côte, par la situation qu'elle occupe,
« ne peut être considérée que comme une deuxième côte dorsale. »

M. Kraatz assigne, en outre, au genre *Podhomala* les caractères suivants :

Antennæ tenues, articulis 4-8 elongatis, 9 et 10 brevioribus, latioribus, obconicis, mentum transversum, apice parum profunde sinuatum.

Thorax parvus, brevis, fortiter transversus.

Elytra tricostata... (Suit la description des côtes telles que nous venons de l'indiquer d'après l'auteur.)

Pedes graciles, tibiæ anticæ subtriangulares, 4 posteriores subfiliformes, dorso rotundatæ apice vix incrassatæ; tarsi posteriores articulis 3 primis compressis, ciliatis.

Or, si nous examinons successivement ces caractères, en laissant de côté la disposition des côtes élytrales, sur laquelle nous reviendrons bientôt, nous verrons qu'il n'en est pas un seul qui ne se retrouve dans le genre *Pimelia.*

Le faciès particulier est un caractère absolument nul dans un genre où les espèces ont un aspect si variable. Il y a certainement plus de rapports, à ce point de vue, entre la *Podh. bicarinata* Gebl. et la *Pim. carinata* Sol. qu'entre la *Pim. comata* Sol., par exemple, et la *Pim. valida* Erichs., — ou entre la *P. cephalotes* Pall. et la *P. angulata* Fabr.

Les antennes sont grêles dans le genre *Podhomala*, mais elles le sont également dans certaines espèces du genre *Pimelia*, la *P. tenuicornis*, pour ne citer que celle-là. Quant à la forme et à l'épaisseur relative des deux avant-derniers articles, il est très vrai que ce caractère est évident dans l'une des espèces de *Podhomala* (et encore trouve-t-on des exemplaires de cette espèce où cette disposition est beaucoup moins marquée). Mais dans les autres espèces du même genre, il n'est pas plus indiqué, et je serais même tenté de dire qu'il est, quelquefois, moins évident que dans certaines espèces de *Pimelia.*

La faible échancrure du menton se retrouve dans beaucoup d'espèces du genre *Pimelia.* Il y a même une espèce, la *P. platynota* Fairm. (*platyptera* Kr.), où ce caractère est poussé si loin que le menton est absolument tronqué en avant, dans un individu qui fait partie de notre collection, et que, dans un autre, il est à peine sinué au milieu.

La pubescence grise du dessous du corps se retrouve dans un certain nombre d'espèces du genre *Pimelia.*

Un thorax petit, c'est-à-dire court et transverse, n'est pas l'apanage exclusif du genre *Podhomala.* La *Pimelia mogadora* Fairm a certainement un pronotum tout aussi court, relativement, que la *Podhomala bicarinata*, et celle-ci est l'espèce chez laquelle la brièveté du pronotum est le plus marquée.

Restent donc les caractères tirés des pattes et en particulier de la forme des quatre tibias postérieurs, ou, pour parler plus exactement, de la forme de leur face dorsale. En effet, la gracilité des pattes peut être très grande dans le genre *Pimelia*. La *P. Valdani*, entre autres, a les pattes très grêles.

Le caractère tiré de la forme prismatique des tibias postérieurs et intermédiaires, est un des caractères les plus importants, et son absence suffirait pour nous faire ranger les *Podhomala* dans un genre particulier.

Ici, nous demandons à faire une distinction entre les tibias intermédiaires et les tibias postérieurs. Pour ces derniers, la forme aplatie ou cannelée de la face dorsale est beaucoup moins marquée : dans un grand nombre d'espèces, la face dorsale est simplement ment déprimée, et c'est ce qui arrive quelquefois, même pour les espèces de *Podhomala*. Mais il y a plus. Nous avons décrit d'Algérie une espèce jusqu'ici confondue avec la *P. Valdani* Guer., et qui a, chez beaucoup d'individus, les tibias postérieurs tout aussi cylindriques sur leur face dorsale, que les *Podhomala* les mieux caractérisées à cet égard. Nous voulons parler de la *P. anomala*. De plus, si mes souvenirs me servent bien, Solier a décrit une autre *Pimelia* qui présente le même caractère.

Quant aux tibias intermédiaires, nous admettons très volontiers que la forme aplatie ou plus ou moins évidée de leur face dorsale soit un caractère sans lequel un insecte n'est pas une *Pimelia*. Mais si l'on y regarde de près, on voit très vite qu'il n'est pas une seule *Podhomala* qui ne présente ce caractère plus ou moins marqué, suivant les individus. Or, il suffirait qu'un seul individu d'une espèce de *Podhomala* l'ait présenté, pour qu'on ne puisse se fonder un genre sur ce seul caractère ; une question de plus ou de moins ne saurait constituer un caractère générique.

Reste à examiner la question réservée des côtes élytrales. Sur ce point, nous admettons très volontiers, avec M. Kraatz, que, dans le genre *Pimelia*, ce sont, habituellement, les côtes dorsales qui disparaissent. Nous admettons même que la côte intermédiaire des *Podhomala* soit une deuxième côte dorsale (1) et non une côte latérale, ce qui n'est rien moins que prouvé. Mais ce que nous n'admettons pas, c'est qu'on puisse fonder une coupe générique sur un caractère aussi peu important, dans un genre où la disposition des

(1) La position occupée par la côte latérale est variable, dans le genre ***Pimelia***. Chez certaines espèces, elle se rapproche singulièrement de la côte marginale. Pourquoi, dans les ***Podhomala***, ne se rapprocherait-elle pas de la 1re dorsale? De plus, dans le genre ***Podhomala***, la côte intermédiaire est constituée bien plutôt comme une côte latérale, que comme une 2e côte dorsale. Celle-ci est, en effet, la plus incomplète et la plus faible de toutes, et c'est elle dont l'existence est le moins stable dans le genre ***Pimelia***.

côtes et de la granulation varie à l'infini. Nous ne voyons pas pourquoi, dans un groupe particulier d'un même genre, ce ne serait pas la côte latérale qui disparaîtrait tout aussi bien qu'une des côtes dorsales.

Telles sont les raisons qui nous ont déterminé à réunir de nouveau le genre *Podhomala* au genre *Pimelia*, à titre de sous-genre, les caractères génériques distinctifs manquant absolument.

Il en est de même du genre *Gedeon*. M. Kraatz conserve ce genre, sans avoir, au reste, l'air d'y tenir beaucoup et sur les différences que présente l'espèce la plus connue (*arabicum* Sol.) Nous ne connaissons pas le Ged. *persicum* Baudi. Ces différences, la grosseur de la tête, la troncature un peu plus ou un peu moins oblique des mandibules, au sommet, ne sauraient constituer des caractères suffisants pour constituer une coupe générique valable, quand aucun des caractères génériques importants du genre *Pimelia* ne fait défaut.

Nous devions à M. Kraatz, lui-même, de nous appesantir sur les raisons qui nous empêchent de partager son opinion, et la discussion qui vient de nous arrêter, trop longuement peut-être, est la meilleure preuve de l'estime où nous tenons les travaux de ce savant entomologiste.

Le genre *Pimelia* est répandu dans une grande partie de l'Ancien Monde, et principalement dans les pays baignés par la mer Méditerranée, sans dépasser, dans l'Atlantique, le niveau des îles Canaries. Il existe en Egypte et dans le Soudan. Quant aux *Pimelia* décrites du cap de Bonne-Espérance, leur existence dans cette contrée nous paraît encore douteuse. Ce genre paraît y être remplacé par le G. *Moluris* proprement dit. Le genre *Pimelia* est répandu, en outre, sur les bords de la mer Rouge, dans l'Arabie entière, dans l'Abyssinie très probablement, et certainement dans le pays des Somalis. Enfin, son habitat comprend la Russie méridionale, le pays des Kirghuises, le Turkestan, la Perse, et s'étend jusqu'aux Indes Orientales, dans le royaume de Kaschmir, tout au moins.

On sait peu de choses sur les mœurs particulières de chaque espèce, et elles doivent varier beaucoup, selon la nature des pays où ces espèces habitent. Nous aurons soin, après la description de chacune d'elles, d'indiquer l'habitat avec autant de précision que possible, et d'y ajouter tous les renseignements que nous aurons pu recueillir sur les mœurs.

Les premiers états du genre *Pimelia* sont peu connus. Nous reproduirons dans la description de la *P. inflata*, de la *P. bipunctata* et de la *P. Sardea* les descriptions de Schiödte et de Perris. Nous ne croyons pas qu'on ait décrit d'autres larves de *Pimelia*.

Avant de donner le tableau dichotomique des espèces du genre *Pimelia*, il est bon de nous arrêter sur quelques explications indispensables pour faciliter la compréhension du tableau et des descriptions :

1° Les élytres, dans le genre *Pimelia*, sont habituellement marquées de quatre côtes chacune. Ce sont, en procédant de dedans en dehors, c'est-à-dire de la suture au bord latéral de l'élytre : la première côte dorsale, la deuxième côte dorsale, la côte latérale, la côte marginale, qui sépare la partie supérieure, ou le dos de l'élytre de sa partie latérale ou réfléchie. Celle-ci a été désignée, par quelques auteurs, comme étant l'épipleure. C'est là une erreur dont il est bon d'être prévenu. Nous désignerons cette partie de l'élytre sous le nom de parties réfléchies ou de flancs des élytres ;

2° Nous avons vu que le pronotum se réfléchit latéralement en bas et en dedans. Il en résulte que ni le bord latéral, ni l'angle antérieur ne sont visibles lorsqu'on regarde l'insecte en dessus. On a pris l'habitude, cependant, dans la description, de désigner sous le nom d'angles antérieurs la saillie plus ou moins forte formée en avant ou en dehors par le rebord du bord antérieur du pronotum, de chaque côté. Ce qu'on appelle le bord latéral du pronotum n'est que le sommet de la courbe formée latéralement par le pronotum au moment où il se réfléchit en bas et en dedans. Pour les angles postérieurs, au contraire, on regarde l'insecte latéralement, et ce nom s'applique bien à ce qu'il désigne. Bien que l'habitude que nous signalons ici soit peu logique, nous avons cru devoir nous y conformer, afin d'éviter toute confusion.

Un dernier mot. Nous avons cru pouvoir, dans la table dichotomique générale, fonder les groupes principaux sur la ciliation différente des tarses postérieurs et intermédiaires. Or, la distinction à établir entre les subdivisions B et C peut être parfois difficile, la longueur et la disposition des cils tarsiens ayant pu être modifiées accidentellement. Ces modifications peuvent amener des confusions entre les insectes de ces deux subdivisions. Cependant, il faut le dire, ces cas sont tout à fait exceptionnels, et, dans l'immense majorité des cas, la difficulté que nous signalons n'existe pas. Les espèces à cils tarsiens courts, s'ils ont eu à l'éclosion des cils longs (et nous sommes disposés à l'admettre pour un certain nombre d'espèces au moins) ne les conservent que très peu de temps, et ne se trouvent presque jamais dans cet état. Aux exemples cités plus hant, nous pouvons en ajouter un autre. Sur une trentaine d'exemplaires de la *P. Letourneuxi*, dont quelques-unes avaient conservé toute la pubescence des élytres, un seul exemplaire a les cils des tarses longs et pénicillés, au lieu de les avoir courts.

Nous ajouterons que les espèces rangées par nous dans la deuxième subdivision (B) n'ont jamais les cils des tarses détruits par les frottements auxquels ils ont été soumis pendant la vie de l'insecte.

TABLEAU DICHOTOMIQUE

des Espèces du G. PIMELIA F.

Premiers articles des quatre tarses postérieurs, plus ou moins comprimés latéralement........................ I.[1]

Premiers articles des quatre tarses postérieurs, non comprimés latéralement, triangulaires........................ II.

I. Quatre tarses postérieurs, ciliés de poils fins, mous, dressés comme les barbes d'une plume sur la hampe, et non réunis en pinceaux ou en touffes.......... **A.**

Quatre tarses postérieurs, ciliés de poils fins, allongés, et plus ou moins réunis en pinceaux sur les deux bords........ **B.**

Quatre tarses postérieurs, glabres ou ciliés de poils raides, plus ou moins longs, quelquefois réunis en touffes, surtout sur le bord antero-inférieur.......... **C.**

A. (*Quatre tarses postérieurs, ciliés de poils fins, dressés, et non réunis en touffes ou pinceaux.*)

Pas de côte latérale aux élytres.......... **1.** s.-g. **Podhomala.**

Une côte latérale aux élytres............ **2.** s.-g. **Piesterotarsa.**

1. Intervalles des côtes élytrales creusés plus ou moins scaphidiformes .... *a*

Intervalles des côtes élytrales légèrement déprimés, plans, ou légèrement convexes .... *b*

a Elytres coupées carrément à la base, qui déborde largement celle du pronotum ; épaules saillantes.................... 4. bicarinata. Songarie, etc.

Elytres à peine plus larges à la base que la base du pronotum ; épaules effacées. 5. Fausti. Kurdistan.

---

(1) Cette première division de Solier est la seule dont nous nous occupions dans le présent travail.

b Pronotum notablement plus étroit à la base que la base des élytres. Neuvième article des antennes plus large à l'extrémité que long .... 1. suturalis. R. mer.

Pronotum un peu plus étroit seulement que la base des élytres. Neuvième article des antennes pas plus large à l'extrémité que long .... *c*

c Granulations bien marquées dans les 2e et 3e intervalles des élytres .... 3. bicostata. Sibérie, etc.

Granulations nulles ou oblitérées dans les 2e et 3e intervalles des élytres ...... 2. nitida. Kirghuises.

2. Première côte dorsale et côte latérale élevées, caréniformes toutes deux : 2e côte dorsale nulle ou réduite à quelques granulations isolées .... 6. carinata. Egypte.

Première côte dorsele et côte latérale non caréniformes toutes deux; la 2e côte dorsale ne manquant jamais complètement ni réduite à quelques granulations isolées .... *a*

a Côte latérale caréniforme, beaucoup plus saillante que les côtes dorsales .... 7. velutina. Sénégal.

Côte latérale non caréniforme, pas ou à peine plus saillante que les côtes dorsales .... *b*

b Côte marginale manquant absolument tout à fait en avant; elle est remplacée dans le reste de son trajet par une série de petites épines écartées, placées à la jonction des parties supérieure et réfléchie de l'élytre .... 11. Theveneti. Egypte.

Côte marginale bien distincte dès la base de l'élytre, continue .... *c*

c Face dorsale des tibias postérieurs à peine déprimée ou cylindrique .... 10. anomala. Algérie m.

Face dorsale des tibias postérieurs nettement déprimée ou creusée en gouttière. *d*

d Deuxième côte dorsale se confondant, en avant, avec les granulations des intervalles. Granulation des élytres fine.... 12. subquadrata. Egypte.

Deuxième côte dorsale bien marquée jusqu'à la base des élytres. Granulation des élytres plus forte .... *e*

e Pas de poils dressés sur les élytres ...... 8. Raffrayi. Litt. mer Rouge.

	Poils dressés sur les élytres.............	*f*
f	Granulation des élytres presque simple; les quelques granulations plus fortes qui existent sont presque toujours disposées en séries longitudinales, simples ou doubles, au milieu des intervalles.	9. Valdani. Algérie m.
	Granulation des élytres manifestement double dans toute l'étendue de l'élytre; granulations plus fortes non rangées en séries longitudinales.................	13. nazarena. (1) Syrie, Egypte?

B. (*Quatre tarses postérieurs ciliés de poils fins, allongés, mous, et plus ou moins réunis en pinceaux sur les deux bords*).

	Côtes dorsales et latérale manquant à peu près complètement dans la moitié postérieure des élytres	14. gigantea et var. Turcom. etc.
	Côtes dorsales et latérale toujours aussi marquées, et ordinairement plus marquées dans la moitié postérieure des élytres............................	*a*
a	Elytres couvertes d'une pubescence couchée dont il reste au moins des vestiges dans la partie antérieure de la moitié interne des élytres	*b*
	Elytres glabres ou pubescentes seulement vers l'extrémité, surtout dans sa partie externe..........................	*c*
b	Arrière-corps en ovale court, suborbiculaire............................	15. angulata (var. Syriaca). Syrie, Egypte.
	Arrière-corps en ovale allongé..........	*c'*
c'	Antennes grêles à articles allongés, cylindriques, presque glabres..............	22. tenuicornis (var. B). Tripoli.
	Antennes ayant leur épaisseur ordinaire, à articles cylindro-coniques, hispides..	*d'*
d'	Taille plus grande. Tubercules des intervalles sensiblement égaux	16. Latreillei et var. Egypte, etc.
	Taille plus petite. Tubercules des intervalles plus petits dans les deux intervalles externes	16. Latreillei (var. denticula) Baléares.

(1) Dans cette espèce, il y a déjà tendance à la pénicillation des cils inférieurs des tarses.

c Arrière-corps court, en ovale subhémisphérique........................... *d*
Arrière-corps en ovale allongé ou cordiforme..... .... *e*
d Granulation des élytres dense et pressée dans la moitié antérieure des élytres, qui sont convexes, hémisphériques .... 18. retrospinosa. Algérie.
Granulation des élytres très écartée dans la moitié antérieure des élytres, qui sont déprimées en dessus .... 15. angulata et var. Egypte, Sicile ? ?
e Côte latérale formée de gros tubercules plus ou moins écartés................ *f*
Côte latérale crénelée en dents de scie... *g*
f Tubercules dentiformes des côtes dorsales et latérale rapprochés, réunis entre eux en arrière, et y formant ainsi de véritables côtes continues, saillantes ...... 17. nilotica. Egypte.
Tubercules des côtes dorsales et latérales séparés et écartés entre eux, saillants, mais ne formant pas en arrière une côte continue, saillante.................. *g'*
g' Granulations médiocrement serrées, mais toujours bien marquées dans la moitié antérieure des intervalles internes des élytres.............................. 19. confusa. Algérie, Tunisie.
Granulations nulles ou oblitérées dans la moitié antérieure des intervalles internes des élytres...................... *h'*
h' Cils des tarses noirs, ou d'un brun noirâtre.................................. 21. consobrina. Algérie.
Cils des tarses rouges, ou d'un fauve rougeâtre .... 20. angulosa. Sénégal, Egypte.
g Granulation des élytres simple, égale, en grains de râpe, recouvrant toute l'élytre. 25. cordata. Maroc.
Granulation des élytres double, inégale et plus ou moins oblitérée dans les premiers intervalles..................... *h*
h Antennes très grêles à articles cylindriques allongés, presque glabres............. 22. tenuicornis. Tripoli.
Antennes médiocrement épaisses, à articles cylindro-coniques, médiocrement allongés, hispides .... *i*
i Côtes dorsales complètement ou presque complètement oblitérées dans la moitié interne de l'élytre, qui est lisse, brillante. 25. læviuscula. Maroc.

Côtes dorsales non oblitérées dans la moitié interne de l'élytre, qui n'est ni lisse, ni brillante........................ 23. externe-serrata. Maroc.

C. (*Quatre tarses postérieurs glabres ou ciliés de poils raides, plus ou moins longs, quelquefois réunis en touffes sur le bord inférieur*) (1).

Première côte dorsale lisse au moins dans la première partie de son trajet....... *a*

Première côte dorsale non lisse dans la première partie de son trajet au moins. *b*

a Première côte épaisse et saillante, dès son origine au voisinage de la base de l'élytre........................... *b'*

Première côte dorsale ne devenant saillante et épaisse qu'à partir du 2e tiers de l'élytre........................... 29. grandicollis. Maroc.

b' Poils dressés sur les élytres............ *c'*

Pas de poils dressés sur les élytres....... *d'*

c' Granulations des intervalles plus ou moins réunies en séries longitudinales au milieu de l'intervalle, au moins en arrière. 44. arabica. Arabie.

Granulations des intervalles nullement rangées en séries longitudinales....... 31. interstitialis. Algérie, Tunisie, Tripoli.

d' Elytres couvertes partout d'une pubescence roussâtre, serrée, dont il reste au moins quelques vestiges. Intervalles plans, non scaphidiformes............ 33. latipes Sol. Tunisie.

Elytres glabres ou présentant, seulement à l'extrémité et sur la partie postérieure des intervalles externes, quelques vestiges d'une pubescence grise. Intervalles scaphidiformes .... 32. inflata et var.

b Le tiers moyen du dos du pronotum présente, jusqu'à la ligne médiane marquée par un espace lisse très étroit, des granulations aussi fortes et quelquefois presqu'aussi rapprochées que sur les côtés.......................... *c*

---

(1) Quelques espèces de ce groupe, qui ont des poils longs et réunis en touffes en dessous, pourraient être confondues avec celles du groupe B ; mais elles se reconnaissent facilement par la forme des articles des antennes qui, à partir du 5e, sont courts et épais.

Tiers moyen du dos du pronotum lisse, ou ponctué, ou granulé ; mais, dans ce dernier cas, les granulations sont plus petites et bien moins rapprochées que celles des côtés du pronotum.......... *d*

c Arrière-corps en ovoïde allongé, épais, légèrement déprimé sur le dos, à peine plus large en avant que la base du pronotum, épaules effacées.............. 36. Prophetei. Tiaret.

Arrière-corps subquadrangulaire ou suborbiculaire, aplati en dessus, débordant assez notablement, de chaque côté, la base du pronotum ; épaules saillantes.. *d'*

d' Arrière-corps subquadrangulaire. Pubescence très rarement conservée, et, alors, de couleur roussâtre. (Var. Doumeti).............................. 34. granulata et var. Algérie, Tunisie.

Arrière-corps suborbiculaire, bien plus atténué en arrière. Pubescence souvent conservée, au moins partiellement, sur toute l'élytre, et de couleur grise...... 35. papulenta. Algérie mér.

d Pronotum fortement rétréci en arrière, ayant sa plus grande largeur avant la moitié de sa longueur............... *e*

Pronotum ayant sa plus grande largeur au milieu ou en arrière du milieu de sa longueur .... *f*

e Elytres hérissées de poils longs dressés.. 27. discicollis (1). Maroc.

Elytres ne présentant pas de poils longs, mais des poils raccourcis, souvent plus ou moins couchés.................... 26. gracilenta. Maroc.

f Toutes les côtes bien distinctes en avant, elles ne se confondent pas avec les tubercules des intervalles............... *g*

Une ou plusieurs des côtes se confondant en avant avec les tubercules des côtes, ou oblitérées .... *h*

g Prosternum terminé en arrière par un prolongement tuberculeux aigu.......... 30. inexspectata. Ind. or.

Prosternum sans prolongement tuberculeux aigu........................... *h'*

---

(1) Lorsque les poils longs dressés ont disparu ou sont raccourcis par le frottement, cette espèce pourrait être confondue avec la *P. gracilenta*. (Voir les autres caractères distinctifs à la description.

h'	Granulations non rangées en séries longitudinales au milieu des intervalles....	*i'*
	Granulations rangées en séries longitudinales au milieu des intervalles, au moins en arrière....................	43. spinulosa. Egypte.
i'	Granulation des élytres fine, peu dense, disséminée dans toute l'étendue de l'élytre..............................	40. arenacea. Algérie.
	Elytres rugueuses ou à granulations confluentes, souvent réunies en séries transversales..........................	28. platynota. Maroc.
h	Granulation nulle ou presque nulle, oblitérée dans la première partie, au moins, du premier intervalle, et quelquefois sur l'élytre presqu'entière............	*i*
	Granulation des intervalles jamais nulle ou presque nulle, et tout au plus un peu effacée dans la première moitié du premier intervalle	*j*
i	Prosternum terminé en arrière par un tubercule aigu.....................	55. indica. Indes or.
	Prosternum sans tubercule aigu en arrière............................	*j'*
j'	Arrière-corps large fortement déprimé en dessus, subquadrangulaire...........	39. Servillei. Algérie.
	Arrière-corps légèrement déprimé en dessus, allongé-ovalaire, cylindrique, épais	*k'*
k'	Pas de poils dressés sur les élytres.......	41. obsoleta. Algérie, Tunisie.
	Poils dressés sur les élytres; il en reste presque toujours des vestiges à la partie déclive en arrière ou vers les épaules..	42. pilifera. Algérie, Tunisie.
j	Arrière-corps large, fortement déprimé en dessus, avec sa plus grande largeur en avant du milieu de sa longueur.......	*k*
	Arrière-corps large, ou ovalaire, ou cylindrique, convexe, légèrement déprimé en dessus, ayant sa plus grande largeur au milieu ou en arrière du milieu de sa longueur	*l*
k	Arrière-corps couvert de granulations tuberculeuses très serrées. Côtes dorsales raccourcies et moins saillante que la côte latérale, en arrière..............	37. cribripennis. Alger, Tunisie.
	Arrière-corps couvert d'une granulation	

moins serrée. Côtes dorsales aussi saillantes que la côte latérale, en arrière.. 38. depressa et var. Algérie.

l Quatre tarses postérieurs, petits, courts, à articles fortement comprimés, dilatés. 48. tuberculata. Transcaucasie.

Quatre tarses postérieurs ayant leur longueur ordinaire à articles médiocrement comprimés (excepté le premier qui l'est davantage), non dilatés. .... *m*

m Arrière-corps couvert de grosses pustules plates, confluentes, déformées......... 47. Letourneuxi. Marmarique, Egypte ?

Arrière-corps ne présentant pas de grosses pustules plates, confluentes et déformées .... *n*

n Arrière-corps présentant des granulations plus petites, très nombreuses et serrées dans le 1er intervalle en arrière; pas de pubescence feutrée et rousse recouvrant les élytres chez les individus frais .... *o*

Arrière-corps ayant toujours des granulations aussi écartées et pas plus petites dans le premier intervalle en arrière que dans les autres intervalles. Pubescence roussâtre, feutrée et épaisse sur les élytres, chez les individus frais..... *p*

p Granulation des intervalles composée de tubercules de moyenne taille, plus ou moins triangulaires et disséminés sans ordre .... 46. urticata. Egypte.

Granulation des intervalles composée de granulations petites, hémisphériques, écartées.............................. 45. sericea Ol. Egypte, Marmarique.

o Prosternum présentant en arrière un tubercule saillant, parfois caché par la pubescence. Bord antérieur du pronotum fortement trisinué; angles antérieurs fortement saillants en avant et écartés de la tête .... 50. cephalotes. R. mer.

Pronotum sans tubercule en arrière. Bord antérieur coupé droit, ou faiblement sinué. Angles antérieurs peu ou point saillants en avant, peu écartés de la tête. *p'*

p' Arrière-corps allongé, subcylindrique et subparallèle sur les côtés, peu ou point élargi latéralement. .... *q*

Arrière-corps plus ou moins cordiforme,

élargi latéralement, avec sa plus grande largeur, soit au milieu, soit en arrière du milieu de sa longueur, et cela quelquefois chez des individus de la même espèce............................. *r*

q Poils longs dressés en grand nombre sur l'élytre............................ 53. cursor. Transcaucasie.

Poils sur les élytres en petit nombre, à peine relevés, presque couchés....... *r'*

r' Différence très tranchée dans la granulation entre la moitié antérieure et la moitié postérieure de l'élytre. — Longueur 22 à 23 mill.................... 51. Gestroi. Perse sept.

Granulation des élytres plus petite dans la moitié postérieure de l'élytre, mais semblable et de même nature. — Long. 15-17 1/2 mill........................ 52. capito. R. mer., etc.

r Poils dressés longs sur les élytres....... 53. cursor.(1) Transcaucasie

Pas de poils longs dressés sur les élytres. *s*

s Granulation des élytres composée de granulosités fines, saillantes, petites, serrées et entremêlées d'un grand nombre de petits granules noirs. Il existe très rarement quelques tubercules triangulaires plus forts, disséminés sans ordre dans la moitié antérieur de l'élytre.... 54. dubia. Perse.

Granulation des élytres composée, en avant, au moins, de tubercules de moyenne taille, triangulaires ou hémisphériques, plus ou moins régulièrement rangés en séries longitudinales. Peu ou point de granules entremêlés.................. 49. atarnites et var. torquata. Perse sept.

---

(1) Nous plaçons ici, de nouveau, cette espèce dont l'arrière-corps est de forme très variable.

PREMIÈRE DIVISION

(ESPÈCES A TARSES COMPRIMÉS)

I. — Sous-Genre PODHOMALA Sol.

1. **Pimelia suturalis** Sol. Ann. Fr. 1836. p. 74.
Syn. — *Podhomala suturalis* (Fisch, ex-Dj. Cat.) Sol. loc. cit. — Kr. Rev. d. Ten. p. 272. — *P. torulosa* Zoubk. ex-Cat. Munich.

Diagnose Sol. — *Ovalis, nigra, nitidula, supra glabra, subtus pube grisea vestita. Capite vage punctato. Prothorace dorso tenuissime et laxe granulato. Elytris laxe tuberculatis punctatisque. Costis tribus, prima, sub obliterata, secunda ante tuberculata, postice marginalique serratis.*

Description : Long. 14-15 mill. — Larg. 7—7 1/2 mill. — Ovale, d'un noir brillant, glabre en dessus, couverte en dessous d'une pubescence grisâtre.

Tête à peine plus étroite que le pronotum et au moins aussi longue, parfois fovéolée au milieu, marquée de points assez forts, du centre desquels, sur les côtés surtout, émerge un petit tubercule. Labre, petit, peu ponctué, quelquefois presque lisse, d'un brun rougeâtre. Palpes rougeâtres ainsi que les antennes; celles-ci dépassent, légèrement, la base du pronotum, en arrière. Articles 4-8 progressivement plus courts; 9e presque globuleux; 10e en triangle équilatéral, embrassant le 11e, qui est petit, acuminé.

Pronotum cylindrique, ayant sa plus grande largeur sur un point différent de sa longueur, en raison de la disposition variable des bords latéraux, qui sont tantôt presque droits (♂?), tantôt plus ou moins arrondis en dehors (♀?). Il est plus large que long, coupé carrément en avant et en arrière, avec les angles antérieurs peu projetés en avant, et nullement en dehors. Disque ponctué, avec les traces d'un sillon médian, longitudinal, obsolète. Entre le milieu du disque et les côtés, qui sont granuleux, on remarque les points déjà signalés sur la tête.

Ecusson transversal, court.

Elytres plus larges à la base que la base du pronotum; bords latéraux subparallèles, assez brusquement arrondis, en avant et en arrière. Il n'existe que trois côtes : la première, plus ou moins effacée, part du milieu, environ, de la base de l'élytre, se dirige, de là, vers la suture, où elle se réunirait, si elle était assez prolongée, à sa congénère, vers les 5/6es de l'élytre. La côte intermédiaire part de la base, vis-à-vis l'angle postérieur du pronotum, et se dirige vers l'angle sutural, en formant une légère concavité interne. A l'extrémité postérieure, elle se recourbe légèrement en dehors et tend à se réunir à la côte marginale. La côte intermédiaire est la plus saillante, crénelée et étroite en arrière, épaisse dans sa partie antérieure, où elle est constituée par des tubercules juxtaposés. Côte marginale fortement crénelée. Dans le 1er intervalle, les granulations sont effacées presque complètement, surtout en arrière. Dans le 2e intervalle, les granulations sont bien marquées et assez serrées, surtout à partir de la partie moyenne. Dans le 3e intervalle, les granulations sont moins fortes et moins serrées que dans le 2e. Flancs des élytres presque lisses en avant, rugueux en arrière.

Dessous de l'abdomen fortement granuleux, à pubescence d'un gris blanchâtre.

Tibias antérieurs peu élargis à l'extrémité, présentant, en dehors, un prolongement obtus, plutôt qu'une dent. Tibias intermédiaires étroits, avec une légère cannelure sur la face dorsale. Tibias postérieurs subcylindriques, avec un léger méplat : cette disposition est variable chez les différents individus. Quatre premiers articles des tarses postérieurs et intermédiaires grêles, comprimés latéralement et ciliés de poils dressés, médiocrement allongés.

Patrie : Russie méridionale. — Types : Coll. de Marseul.

Cette espèce n'est pas extrêmement rare dans les collections, sans y être aussi répandue que la *P. bicarinata* Gebl.

2. **P. nitida** Baudi de Selve. Deut. ent. Zeits. 1876. xx, p. 30.

Diagnose Baud. — *Oblonga, ovalis, picea, nitida, supra glabra, inferne flavo pubescens, capite thoraceque subtiliter vage punctatis, hoc transverso, elytrorum fere latudine, lateribus parce granulato; elytris elongatis laxe subtiliter granulatis, costa dorsali prima vix indicata, secunda obsoleta, laterali denticulata, antice obsoleta.*

Pimeliæ suturali habitu paululum capitis antennarum pedumque structura conformis, magis elongata, angustior, corpore superne nitidiore; thorace elytris parum angustiore, transversim magis convexo, dorso subtiliter punctulato; elytris dorso convexioribus, æqualibus, lateribus pone humeros parum rotundatis, costulis dor-

salibus vix perspicuis, granulis multo minoribus leviter aciculatis conspersis; pedibus tantisper gracilioribus; abdomine itidem inflato, subtiliter punctulato, plane distincta. Corporis totius color dilutius piceus, forte immatura, sed optime explicata.

Cette espèce existe dans la collection Muizech (ex-collection Faldermann, nunc R. Oberthür) et y porte le nom de *P. Turcomanica*, Karel. (inédit). Nous ne l'avions considérée, d'abord, que comme une variété de la *P. suturalis* Sol.; elle s'en distingue par les caractères suivants :

Long. 14 mill. — Larg. 8 1/2 mill. — Forme plus trapue, plus convexe. Les 3 derniers articles des antennes sont globuleux, presque de même forme. La disposition des côtes est la même, mais la granulation des intervalles différente. Moins effacée dans le 1er intervalle, elle l'est beaucoup plus dans les autres. La partie postérieure du 2e intervalle est presqu'aussi peu granuleuse que le 1er. C'est cette différence qui donne à la *P. nitida* l'aspect particulier qui la fait distinguer immédiatement de la *P. suturalis*, chez laquelle le 1er intervalle paraît lisse et les autres très granuleux. Toute la surface des élytres, y compris leur partie réfléchie, est marquée de rides et de points enfoncés. La forme des tibias et des tarses est identique, les cils des tarses de couleur plus foncée et moins régulièrement disposés.

Patrie : Turcomanie. — Types : Musée de Turin.

3. **P. bicostata** n. sp. (Pallas, nom. ined. in Coll. Faldermann.)

Diagnose. — *Ovalis, nigro-nitida. Caput sparsim granulatum. Antennæ coxas intermedias attingentes. Pronotum transversum, laxe granulatum. Elytra ovata, elongata, sub convexa. Carina dorsalis antice granulis seriatis, formata, retro subobliterata. Intermedia granulata, medio prominentior. Marginalis denticulis minimis retrospectantibus, crenata. Interstitia punctata, secundo tertioque granulatis, primo sublævigato. Elytrorum latera vix granulata, minute punctata. Tibiæ anticæ extus prolongatæ, intermediæ dorso sub canaliculatæ, posticæ, dorso cylindricæ.*

Description : Long. 16-17 mill.—Larg. 8 1/2—9 mill.—D'un noir brillant, en ovoïde allongé, presque régulier, à pronotum plus court avec arrière-corps plus allongé, relativement, que chez la *P. suturalis* Sol.

Tête courte ; les côtés latéraux du chaperon relevés en 2 bourrelets ante-oculaires séparés par une dépression transversale assez prononcée. Le reste de la tête est marqué de gros points enfoncés et de granulations assez fortes. Labre, petit, presque lisse, rougeâtre, non ou à peine sinué en avant, où il est cilié de fauve. Menton petit, peu profondément échancré en avant, ponctué. Palpes maxillaires à dernier article d'un rougeâtre clair. Antennes à articles 1-8 hispides, les 3 derniers sont glabres et rougeâtres, 9e globuleux, 10e transversal.

Pronotum court, transversal, à bords antérieur et postérieur légèrement concaves, ciliés de fauve, à bords latéraux arrondis : la plus grande largeur du pronotum est placée au milieu de sa longueur. Angles antérieurs vus en dessus, non ou à peine saillants. La surface du pronotum est marquée d'une dépression transversale peu profonde, placée en arrière du bord antérieur. Le disque est parsemé de petits tubercules irrégulièrement disséminés, et entremêlés, sur les côtés surtout, de quelques granulations plus fortes.

Elytres plus convexes que dans les autres espèces du groupe, à épaules effacées, et par conséquent, plus régulièrement ovales, terminées par un prolongement moins brusquement rétréci. La côte dorsale part à une petite distance de la base, un peu en dedans de l'angle postérieur du pronotum ; elle se compose, dans sa première partie, d'une série linéaire de granulations qui font place, un peu avant le milieu de la longueur de l'élytre, à une carène, assez inégale, large et oblitérée : celle-ci disparaît, à son tour, au 5/6es de l'élytre : dans son trajet, elle se rapproche de sa congénère qu'elle atteindrait sur la suture, si elle se prolongeait suffisamment, avant l'extrémité de l'élytre. La côte intermédiaire part également un peu en dedans de l'angle postero-latéral du pronotum : elle est formée de tubercules granuleux bigéminés, quelquefois même trigéminés. Elle est absolument parallèle à la côte dorsale, et se termine à l'extrémité des élytres, en tendant à se réunir à la côte marginale qu'elle n'atteint pas tout à fait. Celle-ci est formée de crénelures petites, égales, serrées, à sommet dirigé en arrière. Les intervalles sont plans, rugueux. Le premier à fines granulations plus ou moins effacées en avant et lisse, ou à peu près, dans sa partie postérieure, est marqué de points dont quelques-uns sont disposés linéairement le long de la suture. Les deux autres intervalles sont couverts de granulations assez serrées, entremêlées de points. Ces granulations sont plus fortes dans le tiers ou la moitié postérieurs du 2e intervalle. Là elles sont disposées en rangées longitudinales irrégulières. Flancs finement granuleux et ponctués.

Dessous de l'abdomen pubescent, finement granulé.

Tibias antérieurs avec un prolongement externe formant une dent mousse. Tibias intermédiaires étroitement canaliculés sur leur face dorsale. Celle-ci est cylindrique dans les pattes postérieures. Tarses postérieurs et intermédiaires comprimés, filiformes, ciliés sur leurs deux bords de poils inégaux, comme frisés et de couleur noirâtre.

Patrie : Sibérie, Russie orientale. — Types : Coll. Oberthür (ex-Faldermann) plus. exemp.; coll. Sedillot, un exemp. remarquable par ses intervalles rugueux, mais peu granuleux, et seulement en avant.

Cette espèce diffère de la *P. suturalis* par la longueur et la forme de l'arrière corps, les dimensions et la forme du pronotum, la granulation des élytres plus forte en avant, etc., etc.

4. **P. bicarinata** Gebl. Bull. Ac. St-Pét. 1841. T. VIII, n° 24. p. 373.

Syn. *Podhom. bicarinata* Gebl. Bull. Mosc. 1859. II. p. 472. — Kr. Rv. d. Tén. p. 372 — *Pim. serrata* Fisch?. Bull. Mosc. II. 1830. p. 187 (ex-Kraatz).

DIAGNOSE Gebl. — *Nigra, obscura, subtus albido tomentosa, thorace brevi, granulato; elytris late ovatis, sutura elevata, singulis carinis duo lateralibus acute spinosis, interstitis late excavatis, dorsali granulato, laterali transversim rugoso.*

DESCRIPTION : Long. 15-16 mil. — Larg. 7—8 1/2 mill. — Tête grande, avec des granulations plus écartées au milieu ; bord antérieur marqué de quelques gros points. Labre petit, brun, cilié de fauve, peu distinctement ponctué. Menton à échancrure peu profonde. Antennes dépassant en arrière la base du thorax, médiocrement épaisses, noires, avec les derniers articles rougeâtres. 9e article aussi large à l'extrémité que long. 10e triangulaire.

Pronotum court, transversal, nettement trisinué en avant. Angles antérieurs fortement avancés en avant ♂, peu ♀. Bord postérieur moins large que le bord antérieur; angles postérieurs peu marqués. Dessus du pronotum à granulation petite et écartée, avec les traces d'un sillon médian, longitudinal, obsolète.

Ecusson petit, variable.

Elytres fortement atténuées en arrière, plus larges à la base que la base du pronotum ; de là elles s'arrondissent assez brusquement, puis régulièrement. Leur plus grande largeur est au niveau du milieu de la longueur. Elles sont couvertes de petites granulations écartées et souvent oblitérées partiellement, excepté dans le 1er et le 3e intervalles où elles sont plus fortes et plus saillantes. Les flancs des élytres sont ridés transversalement et couverts de points plus ou moins oblitérés qui se transforment, parfois, en petites granulations. Côte marginale formée de denticules serrés, plus forts au niveau de l'épaule, où ils se convertissent en véritables épines très aigues et plus écartées. La côte intermédiaire part de la base, vis-à-vis de l'angle postérieur du pronotum ; de là elle se dirige en arrière, en ligne droite, jusqu'au tiers postérieur, point où elle se coude en se dirigeant en dedans et en arrière pour se rapprocher de la suture où elle rencontrerait la côte congénère du côté opposé, un peu avant l'extrémité. Comme la côte marginale, elle est constituée, en avant, par des dentelures épineuses ; elle est crénelée postérieurement. Le long de cette côte on voit de petites granulations tuberculeuses qui lui donnent une certaine épaisseur et qui se retrouvent, également, le long de la côte marginale. On aperçoit, en outre, sur la côte intermédiaire, une série de quelques poils dressés, très longs et très fins, grisâtres. Ces poils, qui n'ont jamais été signalés, doivent être très caduques. Chez l'un des individus où nous les avons observés, ils existaient dans toute la longueur de la côte. La côte dorsale est un peu plus écartée, à la base, de la suture que de la côte intermédiaire dont elle paraît tirer son origine par une série de trois ou quatre granulations rangées en courbe à concavité postérieure. Cette côte est formée d'une ligne fine et peu suillante, sur laquelle sont placées quelques granulations écartées ; elle se dirige d'avant en arrière et de dehors en dedans et atteindrait sa congénère à une petite distance de l'extrémité de la suture.

La suture assez élevée et la saillie de la côte intermédiaire donnent à l'intervalle qui les sépare une concavité marquée,

Dessous recouvert d'une pubescence assez épaisse et grisâtre. Abdomen à granulation peu serrée.

Tibias antérieurs prolongés à leur extrémité, en dehors, par une dent forte et épaisse. Tibias intermédiaires étroitement, mais assez nettement canaliculés sur leur face dorsale : celle-ci est peu déprimée, presque cylindrique dans les tibias postérieurs. Quatre tarses postérieurs comprimés, ciliés sur leurs bords de poils longs, quelquefois légèrement réunis en touffes, inférieurement.

Patrie : Songarie. Dés. des Kirghuises. Commune à Alakul (Sibérie).

5. **P. Fausti** Kr.

Syn. — *Podhomala Fausti* Kr. (D. ent. Zutschrift. 1881. p. 333).
Pim. cristata. Sén. — Bull. Soc. ent. Fr. 1882. (N° 3). p. 33.

Diagnose Kraatz. — *Nigra, griseola, supra omnino, parce subtiliter punctata et longius tenuiter pilosa* (1). *Antennis pedibusque gracilibus ; elytris carinatis, humerali dorsalique externa fortius elevatis, dense granulato-serratis, carina dorsali interna, fere, nulla, pone medium leviter indicata, apice extincta.*

Description : Long. 18-22 mill. — Larg. 9 1/2—11 mill. — Cette espèce, la plus grande du groupe, a la forme de la *P. bicarinata* Gebl, mais elle est relativement un peu plus large. Elle est en ovale subrectangulaire en arrière, d'un noir grisâtre, parfois légèrement brillant.

Tête large, avec les bourrelets ante-oculaires épais et relevés. La fossette placée en avant des yeux se prolonge parfois en dedans et forme un léger sillon transversal. Le bord antérieur de la tête est retréci en avant, sinué et rugueux. Front et vertex finement chagrinés, marqués de granulations très petites, écartées, d'où s'échappe un petit cil, généralement dirigé en avant. Epistome saillant. Labre,

(1) Les individus, assez nombreux, de cette espèce, que j'ai pu examiner, n'ont aucune pubescence sur les élytres en-dessus. (H. S.)

petit, arrondi, retréci en arrière, subarrondi, lisse et brillant en arrière, légèrement ponctué antérieurement. Menton petit, peu profondément échancré, épais au centre, bordé d'une marge aplatie. Palpes rougeâtres. Antennes pubescentes, dépassant, en arrière, les hanches intermédiaires. Articles 4-8 allongés, minces, progressivement raccourcis; 9e article conique élargi, rougeâtre, ainsi que le 10e qui est court, transversal; 11e petit, saillant, acuminé.

Pronotum court; bord antérieur concave en avant, à angles antérieurs presque effacés; bord postérieur un peu plus large, un peu concave en arrière. Bords latéraux presque régulièrement subarrondis, avec la plus grande largeur du pronotum au milieu de sa longueur. Le pronotum, en dessus, est couvert de granulations rares, très petites, un peu plus fortes au voisinage des bords latéraux.

Ecusson court, peu distinct, à bord postérieur curviligne : il est souvent déformé.

Elytres à la base, sensiblement, de même largeur que la base du pronotum. Epaules progressivement élargies en s'arrondissant. L'arrière corps devient ensuite subparallèle latéralement, et se rétrécit assez brusquement en pointe à l'extrémité. Dos assez fortement convexe dans le sens antero-postérieur ♀, plus déprimé ♂. Toute la surface des élytres est couverte de petites granulations oblitérées, obsolètes, un peu plus saillantes en dedans de la côte intermédiaire, et entremêlées de quelques petites rides effacées. Intervalles fortement creusés, scaphidiformes. Côte intermédiaire commençant à la base, à peu près au niveau de l'angle postérieur du pronotum, par un arc granuleux qui se recourbe en dedans pour atteindre la suture, au voisinage de l'écusson : elle forme une carène saillante, épaisse, formée de granulations juxtaposées, qui se recourbe progressivement en dedans et atteindrait sa congénère un peu avant l'extrémité de l'élytre. La côte dorsale manque à peu près complètement : elle part du milieu de la courbe que forme en haut la côte intermédiaire pour rejoindre l'angle scutellaire de l'élytre ; elle est formée d'abord par une légère élévation caréniforme obsolète portant quelques granulations, puis cesse d'être appréciable dans le reste de son trajet, pour se relever de nouveau postérieurement, en une saillie caréniforme très rapprochée de la suture en arrière et quelquefois assez saillante. Côte marginale peu saillante, finement dentelée. Flancs des élytres lisses, à surface légèrement inégale, avec quelques granulations microscopiques au voisinage de l'épipleure en arrière.

Dessous de l'abdomen chagriné, couvert d'une pubescence épaisse, d'un gris fauve; il est densément et finement granulé.

Tibias antérieurs terminés, extérieurement, par une saillie dentiforme assez forte, le plus souvent peu aigue, rougeâtre. Tibias intermédiaires creusés en sillon plus ou moins marqué sur leur face dorsale. Tibias postérieurs cylindriques, présentant à peine un léger méplat sur la face dorsale. Quatre tarses postérieurs comprimés, ciliés de poils longs, fins, dressés, de couleur brunâtre.

Patrie : Turkestan : Margelan.

Cette magnifique espèce ressemble un peu à la *P. bicarinata* Gebl. Les côtes moins épineuses en avant, la forme des élytres en avant, etc., permettent de l'en distinguer très facilement. Elle a été répandue dans les collections par M. Staudinger.

II. — Sous-Genre **PIESTEROTARSA**. Mots. (1)

6. **P. carinata** Sol. Ann. Fr. 1836. p. 97.

Diagnose Sol. — *Nigra ovalis pubescens. Prothorace dense tuberculato. Elytris tuberculatis. Singula costis tribus carinatis. Dorsali integra, postice abbreviata, basinque haud attingente; laterali basi obliterata, a marginali approximata. Tarsis quatuor posticis longe ciliatis.*

Description : Epaisse subquadrangulaire. Convexe, d'un noir mat grisâtre, avec une seule côte dorsale distincte, caréniforme.

Tête sparsément granulée, ayant sa partie antérieure rugueusement ponctuée. Labre brun, étroit, cilié de fauve et grossièrement ponctué en avant. Fossettes antéoculaires comblées, chez les individus frais, par des poils gris, longs et couchés, qui forment une tache blanchâtre. Antennes atteignant, à peine, la base du pronotum, d'un brun noirâtre, avec les derniers articles plus clairs, hérissés de poils courts et raides. Le 9e article est quelquefois le plus large, mais cette particularité n'est pas constante. Menton rugueux, surtout sur les bords.

Pronotum deux fois plus large que long; bords latéraux fortement arrondis en avant ; angles antérieurs peu marqués ; angles postérieurs arrondis. La surface du pronotum est couverte, densément, de granulations, dont les plus grosses sont situées sur le milieu du disque et en arrière ; à ces granulations tuberculeuses sont mêlés partout de très petits granules. Pubescence grise généralement conservée sur les côtés.

Ecusson petit, avec sa partie postérieure lozangique, angulée postérieurement.

Elytres plus larges à la base que le pronotum, s'arrondissant rapidement en avant, et assez brusquement atténuées, en arrière; elles sont granulées comme le pronotum, mais bien moins densément, surtout dans le 1er intervalle en avant, et dans toute l'étendue de

(1) Motschoulsky a écrit par erreur Pisterotarsa. Ce mot vient de πιεστηρ, presse, instrument de pression (ex Bedel).

l'élytre en arrière. Strie marginale saillante, à petits denticules aigus, plus saillants, parfois même épineux dans le premier quart. Strie latérale rapprochée de la précédente, à laquelle elle tend à se réunir à l'épaule et à l'extrémité, par des granulations sérialement disposées : cette strie est entière, crénelée, saillante. Strie dorsale unique placée un peu plus près de la suture que de la latérale ; lisse en avant, subcrénelée en arrière, plus saillante que les autres côtes, surtout en avant où elle forme une forte carène ; elle commence au voisinage de la base et est inégalement raccourcie en arrière. La 2e côte dorsale est quelquefois indiquée en arrière par une série longitudinale de quelques granulations. — Flancs des élytres à granulations fines, écartées et inégales.

Le dessous est couvert d'un duvet épais, soyeux et grisâtre, sur lequel tranchent de petits granules noirs.

Pattes grêles. Tibias antérieurs terminés extérieurement par une dent assez forte dirigée en dehors. Les tibias intermédiaires sont canaliculés sur la face dorsale ; les tibias postérieurs sont aplatis. Tarses postérieurs et intermédiaires longs, comprimés, très peu dilatés, ciliés de poils fauves dressés.

Patrie : Egypte : Ramlé, Alexandrie ; commune.

Cette espèce ne peut être confondue avec aucune autre. La disposition des côtes la rapproche du groupe précédent, et paraît établir le passage entre le sous-genre Podhomala et les autres groupes du genre Pimelia.

7. **P. velutina** Kl. (Ermann's Reise. T. V. p. 39. 1835.)
Syn : *P. vestita* Sol. Ann. Fr. T. V. 1836. p. 98. — *P. pubescens* (Dj. in coll.)

Diagnose Sol. (1). — *Ovalis, fusco-nigrescens vel fusco-rufescens. Prothorace dorso medio sublaevigato, lateribus tuberculis parvis sparsis. Elytris supra planatis, lateribus apiceque pubescentibus ; tuberculis minutissimis tectis ; costis laterali marginalique carinatis leviter denticulatis, tuberculis que parvis seriebus duabus dorsalibus. Antennis rufescentibus, articulis elongatis. Tarsis quatuor posticis longe ciliatis.*

Description : Long. 17-21 mill. ; larg. 10-11 1/2. — Oblongue, arrière-corps en ovale régulier, déprimé en dessus, d'un noir brunâtre, tirant quelquefois sur le rouge, couvert d'une pubescence d'un gris jaunâtre, assez peu serrée, et effacée plus ou moins sur les parties saillantes.

Tête assez lisse, pubescente sur les côtés en arrière et en dedans

(1) La diagnose donnée par Klug ne saurait être utilisée. Nous avons pu constater, d'après sa description, la parfaite identité de son espèce avec la *P. vestita* Sol, (nec Dj.)

des yeux, chez les individus frais. Labre lisse postérieurement, souvent rougeâtre, petit, peu rétréci en arrière, peu ou point échancré en avant, où il est cilié de fauve. Menton peu profondément, mais assez largement, échancré. Antennes grêles, dépassant assez notablement la base du pronotum, hispides, d'un brun plus clair à l'extrémité. Articles 3-9 allongés. Le 8e un peu plus court que le 7e et le 9e; celui-ci plus large; 10e transversal, jaunâtre, ainsi que le 11e.

Pronotum plus de deux fois plus large que long, arrondi sur les côtés, avec sa plus grande largeur un peu après la moitié de sa longueur. Bord antérieur paraissant un peu moins large que le bord postérieur. Angles antérieurs, vus en dessus, peu saillants. Dos du pronotum couvert sur les côtés de petites granulations parfois très serrées, et dissimulées sous la pubescence; un espace étroit, presque lisse, existe au milieu, avec les vestiges d'une carène longitudinale peu élevée.

Ecusson fortement déprimé, triangulaire.

Elytres pubescentes, régulièrement et assez largement, ovalaires, déprimées. Suture lisse déprimée. La surface des élytres est couverte de petites granulations écartées, diminuant de grosseur et de nombre d'avant en arrière. Côtes dorsales peu indiquées, formées de granulations aussi petites que celles du fond de l'élytre. La 1re se confond avec celles-ci dans la première moitié de son trajet : elle se termine avant l'extrémité des élytres. La 2e dorsale est entièrement composée de granulations très fines et ne forme presqu'aucune saillie; elle est visible dans toute son étendue, un peu plus marquée en arrière, où elle atteint presque la côte latérale, à laquelle elle tend à se réunir. La côte latérale, granuleuse dans son premier 6e, est crénelée jusqu'au voisinage de l'extrémité. Elle suit la côte marginale dont elle est plus rapprochée que de la 2e dorsale, et forme une carène relativement assez forte. La côte marginale est crenelée assez finement pour paraître lisse. Flancs des élytres très finement granulés, pubescents.

Abdomen à granulations presqu'imperceptibles et à pubescence serrée.

Tibias antérieurs ne présentant pas de dent saillante à leur extrémité externe. Tibias intermédiaires plus fortement canaliculés que les postérieurs, sur leur face dorsale. Quatre tarses postérieurs comprimés, allongés, peu ou point dilatés, ciliés de poils fauves assez longs.

Patrie : Sénégal.

Cette espèce est assez rare dans les collections où elle est généralement bien nommée. Elle se rapproche assez peu de la *P. Senegalensis*, à laquelle on l'a comparée à tort.

8. **P. Raffrayi** Sén. Bull. Fr. 1862, n° 3, p. 33.

Diagnose. — *Elongata, subdepressa, omnino grisea pube vestita, Caput, latera versus, minute sparsimque granulatum, medio sublaevigatum. Antennæ filiformes. Thorax granulatus, convexus, subcylindricus, paulo ante medium latior. Elytra ovata retrorsum attenuata; costæ dorsales deductæ, ante granulatæ, retro validiores, crenatæ; costa lateralis prominentior crenata; marginalis minute crenulata. Interstitia ubique subæqualiter granulata. Elytrorum latera minutis rarisque granulis irrorata. Abdomen densius pubescens perparvis granulis sparsim notatum. Pedes longi, graciles; tibiæ antricæ parvo dente extus terminatæ; intermediæ dorso subcanaliculatæ, posticæ depressæ. Tarsi quatuor ultimi valde compressi, longe fulvo-ciliati.*

Description : Long. 15-21 mill.; larg. 8-11 mill. — Cette espèce, de taille très variable, est allongée, à arrière corps en ovale très atténué postérieurement, et couverte partout d'une pubescence grise, fine et couchée, un peu effacée sur le milieu du pronotum et des élytres.

Tête presque lisse au milieu, avec quelques points en avant et quelques granulations peu appréciables sur les côtés. Labre rougeâtre, assez rugueusement ponctué, non ou à peine sinué en avant. Menton rougeâtre, brillant, médiocrement échancré en avant. Antennes atteignant, en arrière, les hanches intermédiaires, grêles, à articles cylindro-coniques. Le 8e et le 9e sub-égaux, un peu plus courts que le 7e. Le 9e est à peine plus large que les précédents. Tous les articles sont couverts d'une pubescence grise.

Pronotum légèrement trisinué en avant, subcylindrique, à bords latéraux ayant leur maximum de courbure au milieu de la longueur ou un peu en avant. Disque couvert d'une granulation, écartée au milieu, plus rapprochée latéralement.

Ecusson très court, transversal, divisé en deux par un sillon longitudinal médian.

Elytres un peu plus larges à la base que la base du pronotum; épaules arrondies, formant un ovale assez fortement atténué en arrière. Côtes dorsales bien marquées, constituées, dans leur moitié antérieure, de granulations séparées; elles sont crénelées et plus saillantes dans leur partie postérieure; la 2e côte dorsale se termine brusquement bien avant la 1re. Côte latérale crénelée, plus saillante que les côtes dorsales. Côte marginale finement crénelée, mais assez saillante. Intervalles couverts d'une granulation petite, peu serrée, à peu près également répartie. Flancs des élytres présentant de petits granules écartés, presqu'imperceptibles.

Abdomen densément pubescent, à granulation petite, mais bien distincte.

Pattes très longues, grêles. Tibias antérieurs à dent terminale externe petite, peu aiguë et non projetée en dehors. Tibias intermédiaires légèrement canaliculés, et tibias postérieurs déprimés seulement, sur la face dorsale. Quatre tarses postérieurs ciliés, sur les deux bords, de poils longs, fauves, isolés.

Cette espèce a été rapportée, en assez grand nombre, par M. Raffray, auquel nous la dédions. Elle ressemble surtout à la *P. Valdani*, Guer. Men., dont elle est facile à distinguer par l'absence de poils dressés sur les élytres, par la granulation différente de celles-ci, par la forme générale de l'arrière-corps, etc., etc.

Patrie : littoral de la mer Rouge. Massouah. — Types : Collections Oberthür, Sédillot, la mienne, etc.

9. **P. Valdani** Guér. Mén. Ann. Fr. 1859. —Bull. p. CLXXXVII.

Diagnose (1). — *Ovalis. Subdepressa pube grisea omnino vestita, interjectis elytrorum-pilis erectis, caput sublæve. Antennæ elongatæ graciles brunneæ. Thorax duplo longitudine latior, subquadratus, antice emarginatus, ubique granulis parvis tectus. Elytra minutissime granulata, majoribus interjectis granulis aliquot, aliquando subseriatim instructis. Costæ dorsales lateralis que granulatæ, postice crenatæ, retrorsum evidentiores; costa marginalis crenulata. Sutura antice lævis, depressa, postice crenulata. Abdomen minutissime punctatum, dense minuteque granulatum. Pedes graciles, elongati, villosi. Tibiæ anticæ valido armatæ dente, posticæ quatuor dorso depressæ. Tarsi quatuor postici compressi, erectis fulvisque pilis longe ciliati.*

Femina major, crassior, latior.

Description : Long. 16 1/2—23 mill. ; larg. 8-12 1/2 mill. — Oblongue, à arrière corps plus étroit ♂, relativement plus large ♀, déprimé en dessus. Couverte d'une fine pubescence, grise, dans toute son étendue.

Tête pubescente sur les côtés, et surtout dans les fossettes preoculaires, plus ou moins dénudée au milieu, avec quelques granulations, très petites, et sur les côtés, quelques points très fins et très espacés, plus gros et plus distincts sur le bord antérieur. Labre petit, carré, saillant, brun, fortement déprimé transversalement, au milieu, quelquefois complétement lisse en arrière, ponctué assez fortement en avant, cilié de poils roux, et très légèrement sinué. Menton assez fortement échancré en avant, peu densément ponctué. Antennes grêles, à articles allongés, nettement coniques. Elles atteignent le niveau des hanches intermédiaires en arrière, et sont brunes, presque glabres, et relativement plus minces chez le mâle; les articles diminuent progressivement, et régulièrement, de longueur à partir du 4e ; le 9e article un peu plus large que les autres à l'extrémité; 10e court, triangulaire.

(1) M. Guérin Méneville n'a pas donné de diagnose, et sa description est trop incomplète pour pouvoir en tenir lieu.

Pronotum deux fois environ plus large que long, relativement un peu plus court ♂. Le bord antérieur, trisinué légèrement, est fortement concave en avant, avec les angles antérieurs, vus d'en haut, nettement projetés en avant et nullement en dehors. Bords latéraux, vus latéralement, fortement arrondis en avant, subsinués avant les angles postérieurs qui sont assez marqués, obtus. Bord postérieur légèrement trisinué. Le disque du pronotum est densément couvert de fines granulations avec un espace étroit, lisse, longitudinal au milieu. La plus grande largeur du pronotum, vu en-dessus, est placée en arrière du milieu de sa longueur.

Ecusson de largeur très variable, court, ayant, en général, sa partie postérieure plus ou moins arrondie en arrière et relevée en forme de carène.

Elytres de même largeur à la base que la base du pronotum, s'arrondissant progressivement chez le ♂, un peu plus brusquement chez la ♀, pour s'élargir régulièrement et, relativement, plus dans ce dernier sexe, surtout en arrière. Elles se terminent en s'arrondissant régulièrement. Le maximum de leur largeur est placé en arrière de leur milieu dans la ♀, au milieu chez le ♂. Elles sont couvertes, uniformément, d'une fine pubescence grisâtre et présentent, en outre, des poils dressés d'un gris jaunâtre et qui sont habituellement plus longs sur les parties latérales des élytres et vers la base. Il existe sur les élytres une granulation double, très appréciable lorsque la pubescence a disparu. Les granulations les plus grosses sont en bien plus petit nombre et souvent disposées en séries longitudinales, surtout dans la partie postérieure. Les côtes dorsales et latérale sont formées de granulations tuberculeuses de petite taille, plus espacées en avant. La 1re et surtout la 2e dorsale commencent à devenir très évidentes à une certaine distance de la base. La 2e dorsale, lorsqu'elle ne se termine pas brusquement après un trajet assez court, se réunit à la 1re. La côte latérale, au contraire, rejoint la côte marginale, qui est crénelée dans toute son étendue, un peu plus lâchement en arrière. La suture lisse et non élevée en avant, le devient un peu postérieurement où elle est crénelée. Les flancs des élytres, pubescents, sont marqués de très petites granulations qui disparaissent, quelquefois, presque complètement en avant.

Abdomen finement et densément granulé, pubescent.

Pattes très longues, pubescentes, grêles. Tibias antérieurs terminés, extérieurement, par une dent assez forte. Les quatre tibias postérieurs sont nettement déprimés et légèrement creusés en-dessus. Tarses postérieurs comprimés, ciliés de poils roux, longs et dressés.

Patrie : Algérie méridionale : (Biskra, Ouargla, Tuggurth.) Trouvée à El Oued (Le Souf.) dans les plâtras d'un gourbi arabe, en asez grand nombre. Cet insecte paraît être nocturne.

Type : (Guérin de Menneville) dans la coll. Sédillot.

Rare, jusqu'à ces derniers temps, dans les collections. Cet insecte ne saurait se confondre avec aucun autre, bien qu'il l'ait été pendant longtemps avec la *P. anomala* Sén. Elle ressemble à la *Pimelia Raffrayi*, dont elle se distingue aisément par les poils dressés sur les élytres, etc.

10. **P. anomala** Sén. Bull. Fr. 1880, (n° 3), p. 36.

DIAGNOSE. — *Ovalis, deplanata, pube grisea vestita; thorax medio subdepressus, omnino granulatus. Elytra costis quatuor pariter elevatis prædita: marginali lateralique postice denticulatis, dorsalibus crenulatis. Interstitia granulis parvis et æqualibus sat dense notata. Pedes elongati rufo-pubescentes. Tibiæ anticæ dente valido extus termatæ. Tibiæ intermediæ dorso deplanatæ aut, leviter canaliculatæ; tibiæ posticæ dorso rotundatæ. Quatuor tarsi posteriores compressi, longius rufo-ciliati.*

DESCRIPTION : Long. 20-22 mill.; larg. 11—12 1/2 mill. — Régulièrement ovale, très aplatie; couverte d'une pubescence grise, généralement bien conservée.

Tête ponctuée lâchement sur le front, avec une rangée transversale de points plus gros le long du bord antérieur; il y a quelquefois, en arrière de celle-ci, une deuxième ligne irrégulière, transversale, formée de quelques points. Labre d'un brun luisant, rétréci postérieurement, très peu ou point échancré en avant, où il est cilié de poils fauves, rugueusement ponctué en dessus. Le menton présente une échaucrure profonde qui sépare le bord antérieur en deux lobes régulièrement arrondis en avant. Antennes brunes, à articles 3-9 allongés, le 10e en triangle équilatéral; elles sont hérissées de poils courts d'un jaune grisâtre.

Pronotum transversal, à peu près de même largeur en avant et en arrière; angles antérieurs, vus en dessus, paraissant aigus et saillants en dehors; angles postérieurs obtus. Bords latéraux à courbe peu prononcée. Pronotum couvert de petits granules égaux, médiocrement serrés, un peu plus confluents sur les côtés.

Écusson variable, légèrement arrondi en arrière; quelquefois en lozange très transversal.

Élytres de la largeur du pronotum à la base, s'élargissant rapidement en ovale très régulier, couvertes de petits poils serrés et couchés, d'un gris jaunâtre, partout, excepté sur la suture et les côtes. Côtes également saillantes (cependant la première dorsale est quelquefois un peu plus forte), crénelées de petites dents un peu plus fortes en arrière. Première dorsale commençant généralement un peu après les autres et dirigée, à son origine, légèrement en dehors; elle se termine avant l'extrémité des élytres. La deuxième dorsale peut, parfois, être suivie jusqu'à la base, et est formée en avant de granulations isolées; elle est raccourcie en arrière. La côte latérale commence à la base par des points espacés : placée à égale distance de la marginale et de la deuxième dorsale, elle dépasse en arrière la première dorsale et se réunit, parfois, à la marginale. Celle-ci, peu saillante à l'épaule, se termine avant l'extrémité de l'élytre, qui est limitée, en arrière, par le bord inférieur de l'épipleure qui va se réunir à la suture. Les intervalles sont parsemés de petites granulations égales, tranchant en noir sur la pubescence grise. Parties réfléchies des élytres à pubescence plus fine et plus rare, avec quelques granulations très petites et très écartées.

Dessous de l'abdomen densément et finement granuleux, avec une pubescence plus fine et plus jaune que celle du dessus.

Pattes longues, brunes, à poils fauves. Tibias antérieurs terminés par une dent assez forte, dirigée en dehors. Tibias intermédiaires aplatis, ou légèrement canaliculés, sur leur face dorsale. Dans les tibias postérieurs, cette face est au contraire cylindrique. Quatre tarses postérieurs comprimés, ciliés de longs poils fauves et dressés.

Elle se rapproche du sous-genre *Podhomala* par un caractère remarquable et qui n'existe au même degré dans aucune autre espèce : nous voulons parler de la forme cylindrique de la face postéro-supérieure des tibias postérieurs, les tibias intermédiaires conservant, jusqu'à un certain point, la forme aplatie ou canaliculée qui est un des caractères primordiaux assignés au genre *Pimelia*.

Diffère de la *Pim. Valdani* Guér. par la forme du corps qui est beaucoup plus aplati, plus régulièrement ovale, proportionnellement plus large, et par l'absence de poils dressés sur les parties latérales et à la base des élytres, tandis qu'il en existe toujours, au moins des vestiges, dans la *P. Valdani*. Enfin, chez celle-ci on voit dans les interstries une ponctuation double. La plus grosse est, souvent, formée de points en séries longitudinales et irrégulières.

Patrie : Algérie, Bou-Saada, commune, Biskra, Oran ?? — Types : Collections Sédillot, Bedel, la mienne, etc.

Cette espèce était confondue dans quelques collections avec la *P. Valdani*.

11. **P. Theveneti** Sén. Bull. Fr. 1880. n° 7. p. 66.

Diagnose. — *Elongata, subcylindrica, elytris ante subdeplanatis. Nigra, rufo-grisea pube vestita.*

Caput laeve. Labrum, palpi, antennæque rufescentes. Antennae graciles, basin thoracis superantes. Thorax vix duplo longitudine latior, lateribus rotundatus, sparsim, omnino granulatus, granulis, latera versus majoribus. Scutellum breve, transversale, nigro-nitidum. Elytra ovata, subcylindrica, minutissime granulata; costa dorsalis prima ante obliterata : secunda, lateralisque granulis majoribus valdeque remotis indicatæ. Marginalis costa vix ulla, tuberculis disjunctis, retro-spinosis, formata. Elytrorum latera granulis aliquot, vix conspicuis, minutissimis, praedita. Abdomen subtus, leviter, sat denseque granulatum. Pedes elongati. Tibiæ anticae extus dente valido terminatæ : intermediæ lævissime dorso canaliculatae, posticæ vix deplanatæ, subcylindricæ. Tarsi postici quatuor compressi, longe rufo-ciliati.

Description : Oblongue-ovale, couverte, lorsqu'elle est fraîche, d'une pubescence grisâtre dans toute son étendue, excepté sur le milieu du disque du pronotum, et sur le milieu des élytres, dans la partie antérieure.

Tête couverte de la même pubescence que le reste du corps, avec la partie antérieure et le vertex rendus glabres par le frottement; front presque lisse, avec quelques granulations fines et écartées. Bord antérieur marqué d'une rangée transversale de points rugueux. Labre court, d'un brun luisant, ponctué ; menton assez largement et profondément échancré. Antennes presque glabres, à articles grêles, le 9e plus large, triangulaire, plus court que les précédents ; le 10e est plus court encore et transversal ; 11e petit, acuminé ; les 3 derniers articles offrent une teinte rouge assez prononcée. Le reste de l'antenne est d'un noir brunâtre, luisant.

Pronotum à peine moitié plus large que long, cylindrique, légèrement et régulièrement arrondi latéralement ; bords antérieur et postérieur de largeur sensiblement égale. Angles antérieurs, vus en dessus, peu saillants en dehors. Angles postérieurs faiblement arrondis. La surface du pronotum est couverte, presque uniformément, de petites granulations assez écartées.

Ecusson très court en lozange transversal assez allongé.

Elytres pas plus larges à la base que la base du pronotum, s'arrondissant en s'élargissant jusqu'au tiers postérieur de leur longueur, globuleuses, un peu déprimées en dessus. Toute leur surface est parsemées de petites granulations cachées par la pubescence, et écartées surtout en arrière. Côte marginale nulle, remplacée par de petits tubercules écartés, et de plus en plus forts à mesure qu'on se rapproche de l'extrémité ; ils sont, alternativement, plus forts et plus petits, et se présentent sous la forme de petites épines dressées, pilifères. Côte latérale formée de tubercules très écartés en avant, où ils sont à peine plus gros que ceux des intervalles, et devenant épineux en arrière. La 2e côte dorsale est formée, dans sa partie postérieure, de petites épines, et est raccourcie en arrière. La 1re côte dorsale est également indiquée, seulement par de petites épines très écartées. Elle se prolonge un peu plus en arrière et manque complètement en avant. Flancs des élytres pubescents, à granulations écartées, à peine visibles.

Dessous de l'abdomen densément couvert de granulations un peu plus fortes, serrées et entremêlées d'une pubescence qui ne manque que dans la partie médiane, en avant. Mésosternum pubescent et granuleux.

Pattes longues et grêles, granuleuses. Tibias antérieurs terminés par un prolongement externe, dirigé en avant plutôt qu'en dehors. Tibias des deux paires postérieures très légèrement aplatis sur leur face dorsale, et portant à leur extrémité des poils fauves assez longs. Tarses intermédiaires et postérieurs, à articles très allongés, comprimés et ciliés, sur leurs bords, de longs poils dressés, isolés, d'un fauve clair.

Patrie : Egypte (Suez, Ismaïla). — Types : Collect. Sédillot, de Marseul, Leprieur, la mienne, etc., etc.

Cette espèce a été trouvée à Suez, par notre regretté collègue, M. Thévenet, à la mémoire duquel nous la dédions. Elle a été rapportée depuis, d'Ismaïla, en assez grand nombre, par M. Letourneux. On ne saurait la confondre avec la P. Barthelemyi Sol, à laquelle elle ressemble un peu. La forme de l'arrière-corps, celle des tarses et la disposition de la côte marginale, etc. etc., permettent de l'en distinguer facilement.

12. **P. subquadrata** St. Cat. 1826. p. 68. pl. 3. f. 19. — Klug. Symb. phys. II. 1830. N° 9. pl. 11. fig. 9.
Syn. *P. irrorata* (Kl. in litt.) — Sol. Ann. Soc. Fr. 1836. p. 99.

Diagnose Sol. (1). — *Nigra, obscura, ovalis, oblonga, hispidula, tuberculis minutissimis tecta. Elytris medio dorsi vix planatis, carina marginali leviter denticulata, singulaque tuberculis parvis seriebus tribus dispositis. Tarsis quatuor posticis longe ciliatis.*

Description : Long. 17-25 mill. ; larg. 9-12 mill. — Noire, mate, en ovale allongé, subrectangulaire. L'insecte, lorsqu'il est frais, est couvert, en entier, d'une pubescence grise, caduque.

Tête finement granulée, à pubescence soyeuse, grise sur les côtés. Labre, court, d'un brun luisant, tronqué et cilié de poils fauves en avant. Menton peu profondément échancré en avant, nettement rebordé, ponctué. Antennes grêles, atteignant en arrière le niveau des hanches intermédiaires, hispides, à articles cylindro-coniques : le 9e article est conique, élargi à l'extrémité, le 10e transversal. Palpes maxillaires bruns.

Pronotum deux fois plus large que long, élargi en arrière. Bord antérieur tronqué ; angles antérieurs, vus en dessus, presque nuls, angles postérieurs mieux marqués qu'ils ne le sont habituellement, obtus, mais presque droits. Toute la surface est couverte d'une gra-

(1) La diagnose allemande de Sturm est trop sommaire pour être utilisée ici. Sa description ne laisse aucuns doutes sur l'identité de son espèce avec la *P. irrorata* Solier.

nulation écartée, fine. Cette granulation n'est pas plus confluente sur les côtés qu'au milieu du disque.

Ecusson petit, court, transversal.

Elytres ovales, à côtés subparallèles, ayant leur plus grande largeur située, à peu près, au milieu de leur longueur. Elles sont couvertes de la pubescence indiquée ci-dessus, entremêlée de poils longs, dressés, d'un jaune pâle. Granulation manifestement double, souvent un peu oblitérée dans la partie antérieure du premier intervalle. Les côtes dorsales et la côte latérale sont formées d'une série de petites granulations qui, pour les côtes dorsales, se confondent avec les granulations des intervalles, dans la première moitié de l'élytre. La 2e dorsale est raccourcie en arrière. La côte latérale, plus marquée que les côtes dorsales en avant, tend à se réunir en arrière à la côte marginale. Celle-ci est assez saillante, crénelée en dents de scie rapprochées dirigées en arrière dans la moitié ou le tiers postérieurs de l'élytre. Flancs des élytres à granulation plus fine et plus écartée.

Abdomen densément pubescent, finement granuleux, ponctué, avec quelques rides transversales.

Pattes grêles. Tibias antérieurs terminés en dehors par une dent très prononcée et dirigée en dehors. Tibias intermédiaires canaliculés assez profondément, sur leur face dorsale. Tibias postérieurs aplatis et à peine creusés sur le dos.

♂. Les tibias postérieurs sont plus fortement incurvés, moins larges sur leur face dorsale. La forme est plus atténuée et le pronotum relativement moins large.

Patrie : Egypte (Makattan, Alexandrie, Ismaïla.) Nubie.

Les types de Solier existent au Muséum national de Paris et dans la coll. de Marseul.

Cette espèce n'est pas rare dans les collections où elle est désignée sous le nom de *P. irrorata* Sol. que nous n'avons pu lui conserver, le nom de *subquadrata* St. ayant une antériorité incontestable.

L'espèce qui se rapproche le plus de la *P. subquadrata* St. est la *P. Nazarena* Mill. On l'en sépare facilement par la forme du pronotum, plus élargi en arrière, avec les angles postérieurs plus marqués, par la saillie moindre de la suture et des côtes en avant, par la granulation toute différente de la tête, par les tarses plus comprimés, etc., etc.

13. **P. Nazarena** Mill. Wien. ent. Monats. 1861. p. 178. N° 6. pl. 5. f. 15.

Diagnose (1). — *Oblongo-ovalis, nigra, subopaca. Caput thoraxque omnino sat dense granulati. Elytra tuberculata, interjectis granulis minutissimis, quadri-costata, ubique pilis fuscis erectis-*

(1) La diagnose de Miller étant absolument insuffisante, nous lui avons substitué celle-ci.

que vestita; costæ postice prominentiores; marginali denticulata, aliis tuberculatis. Tarsi postici quatuor compressi, longe rufo-ciliati; ciliis marginis inferioris nonnunquam subpenicillatis.

Description : Long. 21 à 24 mill.; larg. 9 1/2 mill. — Cette espèce est allongée, ovale, présentant une forme analogue à celle de la *P. subquadrata* St., avec cette différence que les côtés de l'arrière corps sont un peu moins parallèles.

Tête fortement granulée, plus densément en avant. Labre brunâtre, rétréci postérieurement, assez fortement ponctué. Menton large, ponctué, à échancrure médiane nette, mais peu profonde. Antennes assez épaisses, atteignant, à peine, le bord postérieur du pronotum, hispides. Articles 8 et 9 subégaux, 10e plus petit, en triangle équilatéral.

Pronotum ayant une largeur double de sa longueur. Bord antérieur droit; bord postérieur légèrement bisinué; bords latéraux fortement arrondis au milieu, paraissant plus fortement rentrants en arrière qu'en avant. Angles postérieurs très obtus, presque arrondis. La superficie du pronotum est couverte de granulations plus fortes que celles de la tête, un peu plus espacées et un peu plus petites, sur le milieu du disque.

Ecusson variable, le plus souvent subtriangulaire, avec son bord postérieur plus ou moins arrondi; quelquefois très court et transversal.

Elytres à peine plus larges que la base du pronotum ♀, de même largeur ♂, s'arrondissant régulièrement pour se terminer par un léger prolongement caudal. Elles sont couvertes partout, et plus densément en avant, de granulations bien distinctes, arrondies, entremêlées de granules beaucoup plus petits. Les granulations les plus fortes sont disposées souvent en séries obliques, séparées par des rides dirigées, habituellement, de dedans en dehors et d'avant en arrière. Granules rangés quelquefois en séries longitudinales irrégulières. Les élytres sont, en outre, couvertes partout de poils assez nombreux, dressés et dirigés en arrière, peu longs, et d'un roux fauve. Les 2 côtes dorsales commencent à la base par une série régulière de tubercules plus gros que ceux des intervalles, mais assez écartés; ces tubercules sont de plus en plus saillants et triangulaires, à mesure qu'on se rapproche de l'extrémité de l'élytre; tantôt les côtes dorsales se réunissent, vers le dernier 5e de l'élytre, pour n'en former plus qu'une seule qui se termine par une série de tubercules isolés; tantôt elles se terminent isolément et, dans ce cas, la 2e est toujours la plus courte. La côte latérale, constituée de même, se recourbe légèrement en dehors, à son extrémité, pour se réunir à la côte marginale. Celle-ci est formée, dans toute son étendue, de denticules aigus, serrés, à sommet, dirigés en arrière. Les flancs des élytres présentent des granulations plus petites et plus espacées que la surface dorsale.

Abdomen couvert d'une courte pubescence roussâtre, densément et très finement granuleux.

Pattes médiocrement grêles, pileuses. Tibias antérieurs terminés extérieurement par une dent assez forte, peu aiguë. Face dorsale des tibias intermédiaires assez profondément canaliculée. Celle des tibias postérieurs est seulement aplatie.

Patrie : Syrie (Nazareth, Beyrouth). Ne paraît pas être très rare.

Cette espèce ne peut se confondre qu'avec la *P. subquadrata* St., dont elle se distingue facilement par la forme du pronotum. Comme M. Miller l'avait déjà fait remarquer, et sans parler des autres différences, la granulation toute différente des élytres suffirait pour empêcher de confondre ces deux espèces.

M. Miller ajoute que les tarses présentent des cils moins longs et plus raides. Cela est vrai, mais seulement chez les individus usés. Chez les exemplaires frais, les cils des tarses postérieurs sont notablement longs. Aussi avons-nous cru devoir ranger la *P. nazarena* dans le groupe des espèces à cils longs et dressés, à côté de la *P. subquadrata* St., dont elle se rapproche le plus. Par ses cils tarsiens inférieurs ayant une légère tendance à se réunir en touffes, elle ferme le passage du premier au deuxième groupe du Sous-Genre Piesterotarsa.

14. **P. gigantea** Fisch. Ent. imp. Ross. I. p. 147. pl. 14. f. 1. — Lettre à Pounder. 1821. p. 12.
Syn. *P. Gigas* (Fisch. — Lettre à Pounder. p. 13.)
Var. *Zoubkoffi* Karel.

Diagnose Fisch. — *Breviter ovalis, antennis apicem versus valde pilosis, capite parce punctato, thorace transverso, glabro, nitido, tenuissime granulato, elytris lateribus tuberculatis, seriebus binis distinctis tuberculorum aut granulorum apice decrescentium, tibiis anticis compressis, externe alatis, tarsis omnibus longe hirsutis, exceptis anterioribus masculis breviter hirsutis.*

Description : Long. 25 à 27 mill.; larg. 15-16 mill. — En ovale court, fusiforme, très convexe dans tous les sens, et légèrement déprimée sur le dos des élytres ; brillante, glabre.

Tête large, plane, triangulaire, finement chagrinée, avec quelques petites granulations disséminées, çà et là, et des points le long du bord antérieur. Il existe parfois une petite dépression fovéolée de chaque côté en dedans de l'œil. Labre petit, brunâtre en avant, déprimé en dessus, ponctué, légèrement sinué en avant, cilié de poils fauves au milieu, mêlés sur les côtés de quelques cils bruns. Le dessus est couvert chez les individus frais de poils noirs dirigés en avant et qui émergent des points. Menton fortement échancré, ponctué assez grossièrement. Antennes relativement grêles, longues, atteignant en arrière le niveau des hanches intermédiaires, à articles 8-9, cylindriques, allongés, 9e assez fortement élargi à l'extrémité, 10e triangulaire. Les derniers articles présentent quelques poils isolés, dressés. Dans un certain nombre d'individus, l'extrémité du 3e article, le 4e et le 5e présentent, sur leur bord interne, une série de cils longs, mous, de couleur fauve et assez serrés (1).

Pronotum deux fois, environ, plus large que long, plus large et bisinué en arrière, trisinué en avant, à angles antérieurs avancés et parfois un peu divergents. Angles postérieurs obtus, marqués et précédés sur le bord latéral par une légère sinuosité. Surface du pronotum parsemé de granulosités, très fines et très écartées, excepté au voisinage des bords latéraux où elles sont fortes, aplaties, rapprochées.

Ecusson assez court, le plus souvent en triangle, à base curviligne, divisé par une dépression médiane obsolète.

Elytres un peu plus larges à la base que le bord postérieur du pronotum, s'arrondissant régulièrement pour se terminer par un retrécissement caudal assez marqué. La surface des élytres est lisse, parsemée de petits tubercules, très espacés, dans toute l'étendue du premier intervalle, et dans la moitié postérieure des autres intervalles. Le reste de l'élytre (c'est-à-dire la partie comprise entre la première côte dorsale en dedans, la côte marginale en dehors, le bord antérieur de l'élytre en avant et une ligne fictive transversale coupant les élytres en deux parties égales, en arrière) est garnie de tubercules assez gros, dont quelques-uns disposés sérialement, constituent les côtes dorsales et latérales. Celles-ci sont ainsi disposées : 1re dorsale peu distincte et raccourcie plus que les autres; 2e dorsale un peu plus longue que la première, ne dépassant cependant guère la moitié de l'élytre; côte latérale plus distincte et formée de tubercules plus serrés, et ne se terminant que vers le dernier tiers de l'élytre. Ces 3 côtes, mais surtout la latérale, sont constituées par des tubercules dont la grosseur décroît d'avant en arrière. Les tubercules des intervalles sont, quelquefois, en partie disposés en séries longitudinales, dans les 2e et 3e intervalles. La côte marginale est formée de tubercules dentelés, qui vont en diminuant de volume et en s'écartant les uns des autres, d'avant en arrière.

Flancs des élytres parsemés de petits tubercules analogues à ceux qu'on trouve sur le tiers postérieur des élytres et très écartés.

Epipleures thoraciques finement rugueux.

Dessous de l'abdomen finement chagriné, avec de très petites granulosités écartées.

---

(1) On a voulu voir dans cette disposition un caractère sexuel. Nous n'osons nous prononcer à ce sujet. Dans la diagnose de Fischer, il est dit que les tarses antérieurs sont brièvement ciliés chez le mâle. Ce caractère n'existe pas dans l'individu de notre collection, dont les antennes offrent la particularité que nous venons de signaler.

Pattes assez longues et fortes, présentant à leur extrémité des poils roux, longs et serrés.

Tibias antérieurs triangulaires; le bord externe se termine en bas par un prolongement large, spatuliforme, à bord externe tranchant. Les quatre tibias postérieurs sont très comprimés latéralement et présentent ainsi une face dorsale assez étroite, cylindrique en haut, légèrement aplatie dans le reste de leur trajet. Tarses intermédiaires et postérieurs comprimés et ciliés de poils longs, mous, d'un brun noirâtre, ayant une tendance marquée à se réunir en touffes penicillées.

Patrie : Désert des Kirghuises, près Orenbourg (Fisch.), Bockara (Cat. Munich), Turcomanie, Khiva.

Variété. A (Zoubkoffi Karel.) — Cette belle variété se distingue du type de la P. gigantea :

1º Par sa forme plus trapue, plus courte et plus large, moins atténuée en avant et en arrière.

2º Par la disparition presque complète des côtes, même en avant. Seule la côte latérale y est appréciable par une rangée de tubercules qui diminuent rapidement de grosseur, d'avant en arrière.

3º Par l'existence d'une exsudation d'un blanc jaunâtre, paraissant être de même nature que celle qui recouvre les bandes blanches du Sternodes Caspicus. Cette exsudation recouvre toute la partie réfléchie, ou la moitié externe et le quart postérieur déclive des élytres. — Cette coloration doit être très caduque; elle n'a jamais été signalée, à ma connaissance au moins.

Patrie : Turkestan. Rapportée, au nombre de quatre individus, de la province du Kohistan, par MM. Capus et Bonvalot. Museum national de Paris.

15. **P. Angulata** Fab. Ent. Syst. I. p. 101. nº 13. Sol. Ann. Fr. 1836.— p. 90. — Kr. Rv. d. Ten. pp. 333. 340, etc.

Syn. — *Tenebrio spinosus* Forsk. Descr., etc., p. 80. — *T. asperrimus* Pall.

Var. *A. alternata* (Kl.).—Var. *B. aculeata* Kl.—Symb. phys. II. 17. pl. 12. fig. 4. —Var. *C. Syriaca* Mihi. Mon. *G. Pimelia* p. 24.

Diagnose Fabr. — *Lata, breviter ovalis, thorace dorso tuberculato, elytris lateribus pubescentibus, tuberculis magnis, spinosis triseriatis, serie dorsali postice plerumque valde abbreviata, costa marginale dense denticulata, interstitiis parce tuberculatis, tuberculis basin versus majoribus, unisubseriatis, tibiis longe et fortiter hispidis, tarsis 4 posterioribus longe fusco-nigro ciliatis.*

Description : Long. 18-26 mill.; larg. 12-18 mill. — Noire, médiocrement brillante, à arrière-corps fortement élargi et arrondi en avant, très atténué postérieurement, glabre sur le dos avec les vestiges d'une pubescence grisâtre, conservée sur le 4e intervalle en arrière, à l'extrémité, et sur les flancs des élytres.

Tête presque lisse en arrière, avec des points enfoncés dont la grandeur et le nombre augmentent d'arrière en avant. Sur le milieu du front, entre les antennes, on aperçoit quelquefois les traces d'une fovéole parfois double. Labre rétréci en arrière, très habituellement ponctué rugueusement. Antennes peu épaisses, hispides, dépassant en arrière la base du pronotum, à articles 4-9 subégaux, 10e triangulaire, transversal.

Pronotum transversal, globuleux, arrondi assez régulièrement sur les côtés, avec le bord postérieur un peu plus large, couvert de granulations d'autant plus serrées et plus grosses qu'on les observe plus près des bords latéraux, où on retrouve les vestiges de la pubescence grise signalée plus haut ; au milieu existe un espace assez étroit, lisse et souvent marqué d'une dépression longitudinale en forme de sillon obsolète.

Ecusson relativement petit, en T renversé à branche postérieure légèrement arrondie en arrière, portant le plus souvent une impression fovéolée.

Les élytres, déprimées sur le dos, notablement plus larges que le pronotum à leur base, s'élargissent rapidement pour atteindre leur maximum de largeur, un peu avant la moitié de leur longueur ; elles se rétrécissent brusquement en arrière, où elles se terminent par un léger prolongement acuminé. Leur surface est parcourue par des côtes formées d'une série de gros tubercules triangulaires, dressés, acuminés et placés isolément, sur une saillie caréniforme, obsolète, souvent peu appréciable : 1re dorsale réduite dans la première moitié de l'élytre à une carène obsolète, lisse ; 2e dorsale commençant plus près de la base par des tubercules isolés, qui se confondent, jusqu'à un certain point, avec les tubercules placés dans les intervalles ; elle est fortement raccourcie en arrière : côte latérale commençant au voisinage de l'épaule, plus distincte que les dorsales, et se terminant à l'extrémité, où elle tend à se réunir à la première dorsale et à la marginale. Celle-ci est formée de dents assez écartées et dirigées en arrière ; le volume de ces dents et l'écartement qui les sépare augmente d'avant en arrière, et vers l'extrémité de l'élytre, elles se convertissent en épines fortes triangulaires et dressées. Dans l'intervalle des côtes existent des tubercules, mais un peu moins forts que ceux des côtes ; à ces tubercules sont mêlés çà et là de petites granulations arrondies. Les tubercules des intervalles sont d'autant plus forts et plus nombreux qu'on les examine plus en avant et en dehors. Les flancs des élytres sont marqués d'une granulation double, très espacée.

Abdomen granuleux, très finement ponctué en dessous. Tibias antérieurs terminés, en dehors, par une dent bien marquée. Tibias intermédiaires profondément canaliculés. Tibias postérieurs aplatis sur leur face dorsale. Tarses des quatre pattes postérieurs comprimés, ciliés de longs poils mous et penicillés d'un brun très foncé, quelquefois tout à fait noirs.

Patrie.: Égypte, Syrie, Sicile??. (Stierlin : Loc. très douteuse).

Cette belle espèce est très répandue dans les collections. Elle est très variable et l'on pourrait en multiplier les variétés. Voici ses formes les plus remarquables :

Var. A. (*alternata*. Kl. (in litt.).

Cette variété a été faite sur les individus de grande taille, chez lesquels les tubercules des intervalles sont peu nombreux et disposées en séries linéaires.

Var. B. *(aculeata*. Kl. (Symb. phys. II, 17. Pl. 12, f. 4).

Description : (Klug.) — *P. nigra, thorace utrinque granulato ; elytris echinato trilineatis, in interstitiis tuberculatis.*

Habitat Alexandriæ,

Simillima P. angulatæ. Corpus magnum, ovatum, nigrum. Caput sparsim punctatum. Labrum punctatum. sub rugosum, margine ferrugineo-ciliato. Thorax lateribus granulatus, dorso vix punctatus. Pectus abdomenque punctata, grisco-pubescentia. Elytra vix apice pubescentia, sparsim echinata spinis brevibus acutis majoribus in series tres, sæpius interruptis, dispositis, minoribus in interstitiis sparsis; carina laterali denticulata. Epipleura sparsim punctata. Pedes granulati, subpilosi. Tarsi longius pilosi.

Var. C. (*Syriaca*). Mihi. — M. Baudi de Selve, dans son mémoire sur les *Pimelia* du Musée de Turin, dit avoir rencontré, dans quelques collections particulières, un certain nombre de *P. angulata* de petite taille, et indiquées comme venant de Grèce, localité qui lui paraît douteuse.

De son côté, M. P. de La Brulerie a rapporté de Syrie de nombreux exemplaires de la *Pimelia angulata* de petite taille, et l'on peut en voir dans sa collection (nunc coll. Sédillot) une série qui donne tous les passages de taille entre la *P. angulata* typique et la variété syrienne, dont les plus petits exemplaires n'ont que 18 millimètres de longueur,

Cette variété reproduit, en miniature, la description de la *P. angulata*. Outre sa petite taille, elle s'en distingue par la pubescence couchée et grisâtre des élytres, souvent mieux conservée vers l'extrémité et sur les intervalles latéraux en arrière. On pourrait, à première vue, la confondre avec les individus de petite taille de la *Pimelia Latreillei*. On l'en distingue par sa forme arrondie, large, par les séries de tubercules arrondis et placés en série linéaire en arrière par la forme la disposition des épines formant les côtes élytrales et surtout la côte marginale, etc., etc.

Patrie : Syrie (La Brulerie), Grèce (Baudi de Selve), Egypte. — Types : Collections Sédillot, la mienne, etc., etc.

16. **P. Latreillei** Sol. Ann. Fr. 1836. p. 93.

Var. A. *sericea* Sol. (nec. Ol.) — Ibid. p. 35. — *permixta* Sén. Ann. Fr. 1881. Bull. p. xx. — Var. B. *denticula* Sol. Ann. Fr. 1836 p. 95. *denticulata* Dej. Cat. p. 197. Kr. Rv. der Ten. 317. 328.

Diagnose Sol. — *Nigra, oblonga, ovalis. Capite laxe tuberculato, utrinque, ante oculos, macula albido-pilosa, prothorace dorso tuberculato, punctisque minutissimis. Elytris lateribus posticeque albido pubescentibus, tuberculis magnis, spinosis mediocriter distantibus triplice serie, primaria ante obliterata. Interjectis tuberculis satis magnis, ante numerosis postice paucis. Tarsis quatuor posticis longe ciliatis.*

Si l'on étudie comparativement les descriptions données par Solier de la P. *Latreillei* et de la P. *sericea*, on s'aperçoit bien vite que ces deux Pimélies ne forment qu'une seule et même espèce. Le seul caractère distinctif réel consiste dans la coloration de la pubescence et dans sa conservation plus ou moins complète sur le dos des élytres. Il nous eût donc semblé naturel de donner à la P. *sericea* le pas sur la P. *Latreillei*, qui n'en constitue qu'à peine une variété par défloration. Mais les lois de la nomenclature s'y opposaient (1).

Le lecteur trouvera la description de l'espèce dans l'article consacré à la variété *sericea* Sol.

La P. *Latreillei* a été décrite de Grèce; elle existe surtout en Egypte.

Var. A. sericea Sol. loc. cit. (*permixta* Sén. loc. cit.)

Diagnose Sol. — *Nigra, oblonga-ovalis, dense luteo-pubescens. Capite medio subglabro, tuberculis hispidis sparsis minutissimis que. Prothorace dorso tuberculato. Elytras pube mediodorsi, precedente densiore. Costa marginali denticulata. Singula tuberculis magnis conicis, triplice serie. Interjectis tuberculis minoribus, æqualibus satis regulariter sparsis. Tarsis quatuor posticis longe ciliadis.*

Description : Long. 23 mill.; larg. 13 mill. — Oblongue ovale, assez convexe. Noire, couverte d'une pubescence grisâtre manquant habituellement sur les parties saillantes, telles que le milieu de la

(1) L'insecte que Solier a décrit sous le nom de *sericea*, et qu'il croyait être la P. *sericea* Ol., ne peut conserver ce nom, attribué précédemment par Olivier à un insecte différent que Solier devait plus tard décrire sous le nom de P. *asperata*. L'erreur que nous signalons m'avait été indiquée par M. Bedel sur le seul examen de la gravure de l'ouvrage d'Olivier. Il ne m'a pas été difficile de constater l'exactitude de l'opinion de M. Bedel, en étudiant les insectes de l'ancienne collection Olivier, dans la collection Chevrolat, et chez M. E. Olivier, qui m'a communiqué, en outre, le dessin original. On y trouve, de la main d'Olivier lui-même, l'indication de « P. sericea »; puis, dans un autre coin, la syllabe « asp. », qui paraît indiquer que l'erreur commise par Solier avait déjà été reconnue par quelqu'un.

tête, le dos du pronotum, le dos des élytres surtout à sa partie antérieure, les côtes élytrales et le sommet des tubercules des intervalles.

Tête présentant des granulations écartées, petites, portant un poil couché ; entre ces granulations existe une ponctuation écartée et très fine. Bords latéraux de la tête couverts d'une pubescence plus jaune, en général, que celle du dessus des élytres. Labre ponctué, plus fortement en avant. Antennes médiocrement épaisses, hispides, à articles 4-8 subégaux, le 9e est élargi à l'extrémité, le 10e en triangle transversal.

Pronotum un peu rétréci à la base, à angles postérieurs obtus, régulièrement arrondi latéralement avec sa plus grande largeur au milieu de sa longueur. Il est couvert latéralement d'une pubescence blanche épaisse, d'où émergent des tubercules pilifères ; ces tubercules sont beaucoup plus petits et beaucoup plus écartés sur le disque ; au milieu de celui-ci on voit les vestiges d'un sillon longitudinal, ou d'une fine carène presque effacée ; sur le dos du pronotum, on constate, avec un grossissement suffisant, une ponctuation fine et très écartée.

Ecusson court, en T renversé, à branche horizontale assez large, impressionnée au milieu, au moins en arrière.

Elytres à peine plus larges à la base que le bord postérieur du pronotum. De là, elles forment, en s'élargissant, un ovoïde assez régulier, un peu plus étroit en arrière. Côtes dorsales et latérale formées de tubercules espacés, mousses, obtus, arrondis dans la première moitié de l'élytre, acuminés, saillants et triangulaires dans la moitié postérieure. Première côte dorsale lisse en avant jusqu'à la moitié; la 2e dorsale commence environ au premier sixième de la longueur de l'élytre, et se termine plus tôt que les autres. La côte latérale commence tout près de la base et se termine en se réunissant à la première dorsale ; la côte latérale est crénelée en dents de scie peu saillantes dirigées en arrière. Dans la dernière partie de l'élytre, elles deviennent plus fortes et plus écartées. Les tubercules des intervalles, assez gros, mais toujours arrondis, sont bien moins saillants que ceux des côtes ; ils sont assez uniformément espacés, et on en trouve d'aussi gros dans le 3e et le 4e intervalle que dans le 1er et le 2e. En arrière, ces tubercules sont généralement disposés en une seule série linéaire. Outre les gros tubercules dont il vient d'être question, on voit, disséminées çà et là, de petites granulations arrondies et saillantes. Flancs à granulations très écartées, de moyenne grosseur.

Le dessous est finement granulé, à pubescence plus fine, moins épaisse et plus régulièrement placée que celle du dessus, qui est feutrée.

Tibias antérieurs se terminant extérieurement par une dent saillante en dehors et en avant, quelquefois un peu incurvée en dedans. Tibias intermédiaires peu profondément canaliculés ; tibias postérieurs aplatis et rarement déprimés en gouttière, toujours très faible. Quatre tarses postérieurs comprimés, longuement ciliés de poils d'un brun presque noir et plus ou moins réunis en pinceaux sur les deux bords.

Patrie : Egypte (Alexandrie, Ramlé).

Var. B. *denticula* Sol. — Ann. Fr. 1836. p. 95.)

Syn.: *denticulata* Dj. (cat. 3e éd. p. 197. Kraatz. Rv. d. Tenèbr. p. 317. 328.)

Diagnose Sol. — *Nigra, sub-oblonga, ovalis; dense albido-pubescens. Capite medio subglabro, tuberculis minutissimis hispidis raris que. Prothorace dorsi lateribus tuberculato, medio sublævigato. Elytra costa marginali denticulata, singulis tuberculis magnis conicis, seriebus tribus. Interjectis tuberculis satis magnis, paucis, inæqualibus, et irregulariter sparsis. Tarsis quatuor posticis longe ciliatis.*

Description Sol. : Long. 17 1/2 mill.; larg. 10 1/2 mill. — Se rapproche beaucoup de la *P. sericea* Sol., mais elle est plus petite et proportionnellement plus courte ; le duvet dont les élytres sont couvertes, est plus blanc et moins épais, surtout sur le dos; tubercules des intervalles notablement inégaux entre eux, et plus irrégulièrement espacés; ceux des deux premiers intervalles beaucoup plus gros que ceux des autres.

De Mahon. Je dois cette espèce à M. Gené. Elle figure dans la collection Dupont sous le nom que je lui ai conservé et elle y est indiquée de la même localité et d'Orient.

Nous venons de reproduire in-extenso la description de Solier, et il faut reconnaître, avec M. Kraatz, que les différences indiquées par l'auteur entre la *denticula* et la *sericea* sont peu importantes dans un genre où les caractères sont aussi variables que dans le genre *Pimelia*. Peut-être arriverait-on à des conclusions certaines sur la place qu'il faut assigner à l'insecte qui nous occupe, si l'on pouvait examiner une certaine quantité d'exemplaires.

Quoiqu'il en soit, espèce ou variété, la *P. denticula* présente un certain nombre de caractères qui permettent de ne pas la confondre avec la P. Latreillei typique.

Patrie : Iles Baléares, Mahon. — Type : Coll. de Marseul.

Un exemplaire de Mahon dans ma collection (ex-coll. Reiche), absolument conforme à la description et au type de Solier.

17. **P. nilotica.** n. sp.

Diagnose. — *Ovata, dorso deplanata. Caput sub-punctatum; antennæ graciles. Pronotum transversale, disco lœvi, lateribus granulatis. Elytra dorso deplanata. Costæ dorsales postice spinoso crenatæ; lateralis valida, crassa, prominens; marginalis minute serrato-denticulata, nec spinosa : interstitia subseriatim tuberculata, interjectis granulis minutis ; in interstitio primo tuberculis plus minusve deletis. Abdomen griseo-pubescens, dense granulatum. Tibiæ anticæ valde extus dentatæ. Tibiæ quatuor posteriores valde hispidæ. Tarsi quatuor ultimi longius tenuissime ciliati, inferioris marginis pilis subpenicillatis.*

Description : Long. 21-28 mill.; larg. 12-16 mill. — En ovale allongé, déprimée en dessus, et partout d'un noir brillant.

Tête presque lisse avec quelques points peu appréciables sur le vertex. En avant et latéralement elle est marquée de gros points très superficiels, comme oblitérés; il existe sur les côtés quelques granulations très fines sétigères. Labre finement et densément ponctué. Le menton l'est médiocrement; en avant, l'échancrure est droite, peu prolongée en arrière. Antennes grêles dépassant le bord postérieur du pronotum, en arrière; à articles allongés cylindro-coniques hispides. Les articles 4-8 diminuant progressivement de longueur, le 9e est un peu élargi à l'extrémité, le 10e court, transversal. Palpes maxillaires bruns, avec le dernier article plus clair.

Pronotum transversal, deux fois, environ, plus large que long, fortement convexe, surtout d'avant en arrière, assez régulièrement arrondi latéralement. Bord antérieur peu sinué en avant, et angles antérieurs courts peu saillants; angles postérieurs obtus, parfois peu marqués; milieu du pronotum lisse, souvent impressionné transversalement. Les côtés du disque sont assez densément parsemés de granulations assez fortes, mais aplaties et qui se rejoignent au milieu du disque, en arrière du bord antérieur, en diminuant de volume et en s'écartant beaucoup. Le bord postérieur est immédiatement précédé au milieu d'une rangée inégale, quelquefois indistincte, de ces mêmes granulations.

Ecusson très enfoncé, petit, souvent déformé; il est en T renversé, avec sa branche postérieure légèrement arrondie et rebordée en arrière.

Elytres un peu plus larges à la base que la base du pronotum, à épaules légèrement marquées, s'arrondissant, régulièrement, en arrière, pour former un arrière-corps ovale, allongé, aplati en dessus, assez brusquement déclive postérieurement. La sculpture des élytres, assez variable, peut être ainsi décrite : Première côte dorsale lisse et oblitérée en avant, formée en arrière de crénelures allongées épaisses, de plus en plus saillantes et triangulaires, et réunies entre elles de manière à former une côte forte, continue. Elle se termine en se réunissant à la côte latérale. La 2e côte dorsale est formée en avant par de gros tubercules mousses, séparés, qui se rapprochent de plus en plus et forment, dans la deuxième moitié, une côte épaisse et saillante analogue à la première, mais se terminant plus tôt. La côte latérale est constituée de même par des tubercules séparés en avant, mais qui ne tardent pas à former une côte continue à tubercules mousses dentiformes. Elle est placée un peu plus près de la côte marginale que de la 2e dorsale. La côte marginale est saillante, surtout en avant, crénelée densément, légèrement dentiforme postérieurement. Les intervalles sont marqués de gros tubercules, effacés et oblitérés antérieurement dans le premier intervalle, entremêlés partout de granules espacés. Ces tubercules sont rangés dans les trois premiers intervalles en séries longitudinales irrégulières; ils diminuent de grosseur en arrière et dans le 4e intervalle. Flancs des élytres granulés à peu près aussi fortement que le 4e intervalle, portant, comme les élytres, à leur extrémité, les vestiges d'une pubescence grise.

Le dessous de l'insecte tout entier est couvert d'une pubescence fine serrée, grisâtre. L'abdomen est densément et très finement granulé, et, dans les parties dénudées, on reconnaît que le fond est imperceptiblement chagriné.

Tibias antérieurs médiocrement triangulaires, avec une dent terminale externe assez marquée, mais dirigée autant en avant qu'en dehors. Tibias intermédiaires et postérieurs également déprimés et non canaliculés sur leur face dorsale. Les pattes sont garnies de poils brunâtres longs à leur extrémité, et sont assez fortement granuleuses. Quatre tarses postérieurs fortement comprimés, ciliés sur leurs deux bords de poils fins, très longs et mous, d'un brun noirâtre, et penicillés fortement en dessous, très légèrement, parfois, en dessus.

Patrie : Egypte : Korosko, sur les bords du Nil, d'où elle a été rapportée en assez grand nombre par M. Letourneux. Un exemplaire qui faisait partie, sans nom, de la Coll. Javet, est indiqué d'Egypte. — Types : Coll. Leprieur, la mienne.

Cette espèce a une ressemblance éloignée avec la *P. Spinosula* Klug., au moins pour la sculpture des élytres. Elle s'en distingue facilement par la conformation des tarses et leur ciliation, par la disposition de la face postérieure des quatre tibias postérieurs, etc., etc.

18. **P. retrospinosa** Luc. Ann. Fr. 1858. Bull. p. 179.

Syn. *P. semi-hispida* Fairm. P. Nouv. ent. 1874. 6e année, no 102 et Rev. de Zool.

Diagnose Lucas (1). — *P. nigro-nitida ; capite sparse granulato, thorace dense fortiterque granulato, praesertim ad latera, in medio fere lævigato, utrinque postice excavato ; elytris rotundatis,*

(1) Cette diagnose constitue toute la description de l'auteur. Elle a été faite sur un individu unique portant une étiquette indiquant l'Aghouat comme localité, et qui est de taille plus forte que d'habitude. Cet individu fait actuellement partie de la collection Sédillot, où nous avons pu l'étudier : il porte en arrière, sur le pronotum, deux dépressions accidentelles que M. Lucas a eu en vue en disant : « utrinque, postice, profunde excavato ». Il faisait partie de la collection Doué.

fortiter granulatis postice retrospinosis; corpore nigro, subtiliter granario : pedibus exilibus, nigro-nitidis, granulosis. — Dim. : Long. 28 mill. (1); *larg. 15 mill.*

Environs de Laghouat.

Description : Long. 21-25 mill.; larg. 14 1/2-15 mill. — D'un noir brillant, à arrière-corps subhémisphérique convexe, avec le maximum de la courbe placé un peu après le milieu de sa longueur.

Tête presque lisse sur le vertex, avec tout le pourtour finement marqué de granulations pilifères écartées. Labre étroit, fortement et rugueusement ponctué en avant, cilié de poils brunâtres; menton court, transversal, profondément échancré en avant. Antennes assez grêles, atteignant, en arrière, le niveau des hanches intermédiaires, à articles 4-8 cylindriques, diminuant progressivement de longueur, 9e article conique, 10e court, fortement transversal, 11e très petit. Extrémité des palpes brunâtre.

Pronotum deux fois environ aussi large que long, quelquefois légèrement déprimé sur le milieu du disque, fortement convexe sur les côtés. Bord antérieur concave en avant avec les angles antérieurs saillants en avant, aigus. Bord postérieur coupé presque droit, angles postérieurs très obtus, à peine indiqués; bords latéraux fortement arrondis en arrière. La plus grande largeur du pronotum est située en arrière du milieu de sa longueur; côtés du pronotum fortement granulés; sur le disque, ces granulations un peu moins fortes sont séparées par des intervalles d'une étendue très variable selon les individus. Il existe parfois, sur le milieu du disque, un espace longitudinal lisse, et quelquefois les vestiges d'une fine carène longitudinale.

Ecusson relativement assez grand, court, en T renversé; la branche horizontale est séparée de la branche verticale par un sillon transversal, qui se convertit parfois en une fovéole.

Elytres de même largeur à l'épaule que la base du thorax, assez brusquement et régulièrement arrondies et un peu atténuées en arrière, fortement convexes dans tous les sens, non aplaties sur le dos; elles sont couvertes de tubercules triangulaires subégaux, serrés, à sommet dirigé en arrière. Ces tubercules, un peu moins serrés dans le 1er tiers, et plus ou moins oblitérés dans le dernier, où ils sont toujours écartés, sont souvent réunis transversalement; ils recouvrent tout le fond de l'élytre jusqu'à la suture, dont les deux bords sont lisses aplatis. La 1re côte dorsale est formée de quelques tubercules épineux dressés, bien appréciables seulement dans la moitié postérieure de l'élytre; il n'en existe souvent qu'un ou deux dans le 1er tiers; en arrière, ces tubercules forment

(1) Y compris la saillie de 3 mill., formée dans le type par l'extrusion des organes sexuels.

de véritables épines, dressées perpendiculairement sur le fond de l'élytre ou, quelquefois, sur une carène effacée, obsolète. La 2e côte dorsale est constituée de même, mais les tubercules sont un peu plus visibles dans la 1re moitié de l'élytre ; elle se termine en arrière bien avant la 1re. La côte latérale, dont la composition est la même, sauf que les tubercules sont plus nombreux et forment une côte bien visible jusqu'au voisinage de la base, se termine en tendant à rejoindre la 1re dorsale. La côte marginale est formée d'épines aiguës à sommet dirigé postérieurement, plus petites et un peu plus serrées en avant, très fortes et très écartées en arrière, au voisinage de l'extrémité ; à l'extrémité même, ces épines, tout en restant assez écartées, deviennent brusquement plus petites. Les parties réfléchies des élytres sont densément granulées, avec quelques rides superficielles transversales. Les granulations y sont plus petites et plus inégales dans leur taille que celles du 4e intervalle.

Abdomen densément granulé.

Pattes assez longues, hispides. — Tibias antérieurs médiocrement dilatés en dehors en une dent peu longue, mais aiguë et bien marquée. Tibias intermédiaires assez fortement canaliculés dans la partie moyenne de la longueur. Tibias postérieurs longs, aplatis et quelquefois assez fortement incurvés en haut (♂?). Tous les tarses sont longuement ciliés de poils mous, pénicillés en dessus et en dessous.

Patrie : Tuggurth, l'Aghouat.

Cet insecte a été décrit par M. Lucas sur un individu indiqué de l'Aghouat. Tous les autres qui me sont passés sous les yeux proviennent de Tuggurth ou des environs, d'où ils ont été rapportés d'abord par M. le Dr Thiébault, de regrettable mémoire, puis, tout récemment, par M. le Dr Munier.

Types : Coll. Sédillot, ex. coll. Doué, coll. Fairm.

Rare. Je n'en ai vu en tout qu'une vingtaine d'exemplaires. Coll. Fairmaire, Oberthür, Sédillot, Bédel, Gambey, la mienne. — L'insecte, très commun, qui porte à tort, dans les collections, le nom de *P. retrospinosa* Luc (*confusa mihi*) n'a pas encore été décrit. Nous ne connaissons pas d'individus formant le passage entre ces deux espèces.

19. **P. confusa.** Sén. Bull. Soc. ent. Fr. 1884, no 3, p. 28.

Syn. — *P. retrospinosa* (in collect. nec Luc).

Diagnose. — *Nigro-nitida, oblongo ovata, suprà leviter depressa. Caput sublaevigatum. Thorax transversalis granulatus, granulis ad latera confertioribus. Elytra sparsim granulis inæqualibus, suturam versus, plus minusve deletis, tecta. Costæ tuberculis antice muticis, postice spinosis constitutæ; costa marginalis autem antice densius crenata postice, subspinosa, spinis parvis, sat approximatis. Elytrorum latera minute granulata, plerumque griseo pubescentia. Abdomen minutissime granulatum, pube grisea, nonnunquam densius, vestitum. Tarsi quatuor postici longe pilis brunneis penicillatis, supra infraque ciliati.*

Description : Long. 15-30 mill. — Larg. 12 1/2-16 1/2 mill. — D'un noir un peu brillant, en ovale allongé, déprimée sur le dos des élytres. De taille très variable.

Tête presque lisse, avec des granulations sur les côtés, et en avant du bord antérieur du pronotum et quelques gros points enfoncés sur la partie antérieure. Labre lisse en arrière, ponctué densément, en avant, où il est cilié de poils roux. Antennes atteignant, en arrière, les hanches intermédiaires, médiocrement épaissies, à articles 3-8, diminuant progressivement de longueur; 9e élargi à l'extrémité; 10e transversal, embrassant intimement le 11e, qui est petit et acuminé. Menton ponctué, étroitement et profondément divisé en avant.

Pronotum transversal, élargi en arrière, le plus souvent aplati sur le disque, couvert de granulations plus fortes et plus serrées latéralement, plus écartées et inégalement espacées sur le disque où se voit un espace longitudinal lisse, irrégulier, marqué souvent d'une carène obsolète, comme effacée sur le milieu. Bord antérieur échancré, trisinué à angles antérieurs saillants. Bord postérieur plus large, à angles postérieurs obtus légèrement indiqués. Bords latéraux du pronotum arrondis, surtout en arrière, où ils sont parfois légèrement sinués au devant des angles postérieurs.

Ecusson peu enfoncé, à branche postérieure fovéolée ou sillonnée brièvement sur son bord postérieur.

Elytres pas plus larges à la base, que la base du pronotum, s'arrondissant assez brusquement à partir de l'épaule Elles sont le plus souvent aplaties sur le milieu du dos, et couvertes de granulations triangulaires plus ou moins serrées, mais jamais confluentes, et entremêlées d'un nombre variable de petits granules arrondis. Côtes dorsale et latérale formées dans toute leur longueur de tubercules espacés, mousses en avant, épineux dans la 2e moitié. Ces côtes se confondent, plus ou moins, en avant, avec les tubercules des intervalles. Côte marginale crénelée en dents de scie, serrées en avant, épineuses, mais toujours assez rapprochées en arrière. Flancs des élytres, couverts d'une pubescence fine, grise; ils sont peu densément marquées de petites granulations.

Abdomen couverte d'une fine pubescence grise, parfois assez épaisse.

Pattes médiocrement robustes. Tibias antérieurs, terminés en dehors par une dent bien marquée. Tibias intermédiaires cannelés dans les 3/4 inférieurs de leur longueur. Les tibias postérieurs le sont peu, et seulement aplatis. Quatre tarses postérieurs longuement ciliés de poils longs et mous, couchés en arrière et penicillés, d'un brun noir.

Patrie : Tunisie; Algérie : Tuggurth, Bou-Saada, Biskra, Chegga, etc.

Cette espèce, très commune dans les collections, y porte, à tort, le nom de *retrospinosa* Luc., espèce dont elle se rapproche beaucoup.

Elle s'en distingue facilement, cependant :

par la forme plus allongée et jamais hémisphérique de l'arrière corps qui est presque toujours moins convexe, déprimé sur le dos :

par les angles postérieurs du pronotum un peu plus marqués;

par la granulation élytrale irrégulière, entremêlée de granules, toujours moins serrée et non réunie en séries transversales ; les tubercules des intervalles sont, en outre, plus ou moins effacés dans le premier intervalle ;

par la première côte dorsale que l'on peut toujours suivre jusqu'à la base de l'élytre et dont les tubercules ne sont jamais aussi rares, ni aussi écartés que dans la *P. retrospinosa;*

par les crénelures plus petites, et en dents de scie rapprochées, de la côte marginale. Celle-ci est un peu épineuse postérieurement, mais ces épines ne sont jamais longues, et écartées comme dans la *P. retrospinosa ;*

par la granulation plus fine et plus écartée des flancs élytraux, qui sont pubescents à un haut degré ;

par les granulations plus fines de l'abdomen et par sa pubescence grise beaucoup plus marquée. Cette pubescence est moins visible, et souvent de couleur foncée, dans la *P. retrospinosa* vraie.

On trouve quelques exemplaires à arrière corps plus court et plus arrondi. Nous ne pensons pas, cependant, qu'il soit permis, jusqu'à présent, de réunir, même à titre de variété, la *P. confusa* à la véritable *retrospinosa* Luc.

20. **P. angulosa** Ol. (1) Ent. III. n° 59. p. 11. pl. 2. fig. 23. — Sol. Ann. Fr. 1836. p. 91.
Syn. *P. spinipennis* (Dej.).

Diagnose Sol. — *Nigra, oblonga, ovalis. Prothorace dorso medio lævigato, lateribus granulato. Elytris lateribus apiceque albido-pubescentibus, tuberculis mediocribus distantibus spinosisque seriebus tribus ; primariis duabus basi obliteratis, costa marginali dense denticulata. Interjectis ante tuberculis parvis, triangularibus laxisque, postice rarissimis. Tibiis mediocriter hispidis. Ciliis tarsorum quatuor posticorum longis et rufis.*

Description. — Long. 21-26 mill.; larg. 12-15 mill. — Oblongue-ovale, d'un noir mat.

Tête présentant des points assez écartés et assez gros, surtout en

(1) La comparaison des types ne laisse aucun doute sur l'identité de la *P. angulosa* d'Olivier, avec celle de Solier, contrairement à l'opinion de Klug et Erichson, adoptée par M. Kraatz.

avant, avec une dépression transversale linéaire, assez marquée, en avant des yeux. Labre assez fortement rétréci en arrière, rugueusement ponctué en avant. Antennes brunâtres, atteignant en arrière le niveau des hanches intermédiaires. Neuvième article plus épais, pyriforme ; 10e transversal, coupé obliquement ; 11e relativement assez fort. Menton grossièrement ponctué, distinctement rebordé dans tout son pourtour.

Pronotum plus de deux fois plus large que long, à bord postérieur un peu plus large que l'antérieur, convexe dans tous les sens, à côtés arrondis régulièrement, présentant souvent, çà et là, des dépressions irrégulières. Disque largement lisse, ayant quelquefois quelques très petites granulations le long des bords antérieur et postérieur. Côtés du pronotum avec des granulations assez fortes et assez serrées, entremêlées de poils blanchâtres couchés.

Ecusson très variable, à partie postérieure tantôt large et transversale, tantôt moins large, plus longue et avec son bord postérieur arrondi légèrement en arrière.

Elytres un peu plus larges à la base, où elles sont coupées carrément, que la base du pronotum, en ovale allongé, présentant sur leurs flancs, sur le 4e intervalle et à l'extrémité des autres intervalles, les vestiges d'une pubescence feutrée d'un gris jaunâtre. Les côtes dorsales et latérale sont formées par des séries de tubercules épineux très écartés. La 1re dorsale nulle dans la moitié antérieure de l'élytre ; la 2e dorsale, raccourcie en arrière, et la côte latérale sont indiquées quelquefois jusqu'à la base de l'élytre par quelques tubercules très espacés. La côte marginale est crénelée en dents de scie, très rapprochées dans la plus grande partie de son étendue, plus espacées en arrière. Intervalles marqués, surtout en avant, de quelques petits tubercules triangulaires, oblitérés dans le 1er intervalle. Flancs présentant quelques petites granulations, très clairsemées.

Tibias antérieurs terminés, en dehors, par une petite dent dirigée en bas et en dehors. Tibias intermédiaires légèrement creusés sur leur face dorsale. Tibias postérieurs déprimés sur cette même face, quelquefois presque cylindriques. Quatre tarses postérieurs fortement comprimés, ciliés de longs poils pénicillés, d'un fauve rougeâtre.

Dessous de l'abdomen couvert d'une pubescence jaunâtre plus ou moins conservée ; très finement et assez densément granuleux.

Patrie : Sénégal, Egypte. — Types : Collections E. Olivier, Chevrolat.

Cette espèce a la plus grande ressemblance avec la *P. consobrina* Luc, qui n'en est peut être qu'une variété. Nous croyons, cependant, qu'il serait prématuré de réunir ces deux espèces. — Les types d'Olivier existent au nombre de deux dans la collection Chevrolat. Il y en a également dans la collection de M. E. Olivier, qui a bien voulu, en outre, nous communiquer le dessin original d'Olivier.

21. **P. consobrina** Luc. Ann. Fr. 1858. Bull. p. 220.

Diagnose (1). — *Nigra, nitida, oblongo-ovata. Caput ante et latera versus sparsim et grosse punctatum. Thorax in medio dorso anguste et irregulariter lævis et ad latera tuberculis depressis præditus. Elytra dorso vix depressa, tuberculis parvis deletisque retrorsum spectantibus, sparsim tecta. Costæ dorsales lateralisque tuberculato-spinosæ, tuberculis plus minusve ante obliteratis. Abdomen minute granulatum, pube sericea subtili vestitum. Tarsi quatuor postici compressi, longe ciliati; pilis nigris, supra infraque recumbentibus, nonnunquam conglomeratis.*

Description. — Long. 24-30 mill.; larg. 13-16 mill. — D'un noir assez brillant, subcylindrique, convexe, très légèrement déprimée sur le dos des élytres.

Front mat, presque lisse; le pourtour de la tête est marqué, çà et là, de gros points isolés d'où émergent de petits poils couchés, noirâtres. Séries irrégulières, obsolètes, de gros points rugueux, vers le bord antérieur. Labre légèrement et parfois anguleusement échancré en avant, marqué de points rugueux et cilié de poils d'un brun foncé. Menton rugueusement ponctué sur les bords, fortement et anguleusement échancré en avant. Cette échancrure est continuée souvent par un sillon superficiel qui divise le labre en 2 lobes latéraux. Antennes atteignant, en arrière, le niveau de la 2e paire de pattes, assez épaisses, à articles ciliés à leur extrémité; articles 3-8 subcylindriques; 9e conique, plus large; 10e transversal.

Le pronotum est environ deux fois plus large que long, globuleux et convexe dans les deux sens, à déclivité brusque en arrière, surtout latéralement. Couvert de granulations plus fortes et aplaties latéralement, plus petites et plus écartées en se rapprochant du milieu du disque, où il y a, le plus souvent, un espace lisse, étroit, longitudinal et irrégulier. Le pronotum est légèrement bisinué à la base, à bords latéraux fortement arrondis, à angles antérieurs se projetant assez fortement en dehors et formant une saillie aiguë lorsqu'on les examine d'en haut. Sa plus grande largeur est placée un peu en arrière du milieu de la longueur.

Ecusson petit, assez saillant, triangulaire, avec une légère dépression sur la branche antérieure, en avant; arrondi postérieurement, et quelquefois avec une sinuosité médiane sur la branche postérieure en arrière.

Elytres s'arrondissant régulièrement à partir de la base, où elles sont à peine plus larges que la base du pronotum, et se terminant en arrière par un prolongement assez marqué. Leur surface est parsemée de saillies tuberculeuses triangulaires, très inégales par leur

(1) M. Lucas n'a pas donné de diagnose de cette espèce, et sa description ne saurait en tenir lieu.

taille, plus ou moins effacées, à sommet dirigé en arrière et terminées par un poil court, spiniforme et recourbé. Ces tubercules sont plus petits en arrière et dans le 1er intervalle, où ils sont souvent oblitérés. Côte marginale crénelée en avant, denticulée postérieurement, à dents pilifères. Côte latérale commençant à la base par de petits tubercules mousses et rapprochés; elle est constituée par dix-huit à vingt tubercules placés sur une légère saillie caréniforme, et parfois assez rapprochés; ces tubercules triangulaires forment des épines dont les plus fortes sont placées aux deux tiers de l'élytre; leur sommet est dirigé en arrière; au-dessous et en arrière de ce sommet naît un petit poil noir, court et obsolète. La 2e côte dorsale, fortement raccourcie en arrière, commence, en général, à la base; elle est formée de douze à quatorze épines triangulaires, placées sur une carène moins évidente que celle de la côte latérale, surtout en avant. La 1re côte dorsale, obsolète en avant, où elle n'est souvent indiquée que par des tubercules isolés placés sur le fond même de l'élytre, n'est bien marquée que dans la 2e moitié de celle-ci, dont elle atteint presque l'extrémité, en tendant à se réunir soit à la côte marginale après avoir reçu, chemin faisant, la côte latérale, soit à cette dernière seulement.

Le prolongement caudal des élytres, limité en arrière par le rebord supérieur crénelé des épipleures, présente toujours une pubescence plus ou moins conservée, formée de petits poils gris jaunâtres et serrés. Cette pubescence remonte plus ou moins sur l'extrémité terminale des intervalles et des flancs des élytres, qui sont marquées de tubercules plus petits et plus écartés que sur les intervalles des élytres.

Le dessous du corps entier est couvert d'un duvet soyeux, très fin, d'un gris jaunâtre. Abdomen à granulations fines entre lesquelles existe une réticulation formée par une ponctuation extrêmement fine, appréciable seulement avec une forte loupe.

Le prosternum est assez fortement canaliculé. Le mésosternum présente souvent 2 dépressions latérales séparées par une saillie, quelquefois assez prononcée pour devenir caréniforme.

Pattes rugueusement tuberculeuses, pileuses. Tibias antérieurs terminés, extérieurement, par une dent bien marquée, mais dirigée plutôt en bas qu'en dehors. Tibias intermédiaires canaliculés assez fortement sur le dos. Le fond du sillon ainsi formé est revêtu d'une pubescence d'un gris jaune. Il en est de même pour les tibias postérieurs, qui sont plutôt aplatis que cannelés sur leur face postérieure. Les 4 tarses postérieurs sont ciliés de longs poils mous, d'un brun noirâtre plus ou moins foncé, et réunis, souvent, en touffes pénicillées.

Cette espèce, dont M. Lucas a donné une description fort incomplète, a été redécrite par nous d'après le type qui fait aujourd'hui partie de la collection de M. Sédillot; elle est répandue, au reste, dans toutes les collections, où elle est, en général, bien nommée.

Très voisine de la *P. angulosa* Ol., elle n'en constitue peut-être qu'une variété propre à l'Algérie. Nous possédons 2 individus, l'un de Laghouat, l'autre d'Algérie, sans autre désignation, qui semblent faire le passage de l'une à l'autre de ces espèces. Voici le tableau des différences que présentent les individus, bien caractérisés, de ces deux espèces :

P. CONSOBRINA Luc.	P. ANGULOSA Ol.
a. Taille en général plus grande ; forme plus allongée et plus ovale.	a. Taille plus petite ; forme générale moins allongée, plus trapue.
b. Teinte générale brillante.	b. Teinte générale mate.
c. Ponctuation des parties latérales de la tête plus serrée.	c. Ponctuation des parties latérales de la tête beaucoup plus écartée, quelquefois presque nulle.
d. Labre plan.	d. Labre déprimé de chaque côté en une fossette assez marquée.
e. Antennes noires plus épaisses, à 10e article plus court.	e. Antennes brunes à derniers articles moins épais, 10e article plus long.
f. Pronotum relativement moins large, à espace lisse, étroit, irrégulier et longitudinal au milieu du disque, qui est souvent granulé.	f. Pronotum relativement plus large, largement lisse ou à peine ponctué sur le milieu du disque.
g. Elytres moins larges à la base, relativement plus allongées.	g. Elytres coupées un peu plus carrément à la base, débordant un peu plus de chaque côté le bord postérieur du pronotum.
h. Intervalles des côtes marqués de tubercules plus nombreux et plus saillants.	h. Intervalles des côtes à tubercules plus petits et surtout bien moins nombreux.
i. Tubercules épineux des côtes plus nombreux et plus serrés.	i. Tubercules épineux des côtes moins nombreux et bien moins serrés.
j. Pubescence de l'extrémité des élytres, des flancs et des intervalles peu conservée ou nulle.	j. Pubescence des élytres beaucoup mieux conservée.
k. Cils des tarses postérieurs d'un brun noirâtre.	k. Cils des tarses postérieurs d'un fauve rouge.

Patrie : Algérie (Biskra, Laghouat, El-Embed à Mamma-el-Caïd Luc.) Tunisie. — Type : Collection Sédillot (ex. collection Doué).

22. **P. tenuicornis** Sol. Ann. Fr. 1836. p. 100.
Var. A. Sol. Ann. Fr. 1836. p. 100. Var. B. *Tripolitana Mihi.*

Diagnose Sol. — *Nigra, brevis, subparallela, capite laxe hispido. Prothorace dorso tuberculato. Elytris dorso planatis, subquadratis, tuberculis parvis acutisque tectis, costisque quatuor serratis, dorsalibus duabus ante et postice obliteratis. Tarsis quatuor posticis longe ciliatis. Tibiis anticis, extrinsecus apice dente augustato dilatatis.*

Var. A. — Oblongior minusque depressa.

Description : Long. 15 1/2-22 mill. (1); larg. 10-12 1/2 mill. — D'un noir brillant, quelquefois brunâtre. Arrière-corps déprimé en ovale très régulier ou, parfois, atténué en arrière.

Tête presque lisse, avec de très petites granulations espacées, sur les côtés principalement. De ces petites granulations partent des petits cils très courts, ordinairement dirigés en arrière. Bord antérieur très étroit, marqué de quelques points, en avant, et surtout latéralement ; il est, presque toujours, limité en arrière par une saillie transversale quelquefois assez forte et relevée en bourrelet. Labre brun, brillant, densément ponctué, cilié de poils dorés en avant, où il est très légèrement mais largement sinué, et quelquefois tronqué en ligne droite. Il est rétréci en arrière et presque de même largeur en avant que le bord antérieur de la tête. Menton à échancrure antérieure nette et peu profonde, brillant, convexe et ponctué. Antennes grêles, dépassant en arrière le bord postérieur du pronotum, à articles cylindro-coniques. Le 8e est plus court que le 7e ; le 9e est plus large ; le 10e, triangulaire, presqu'aussi large que long.

Pronotum transversal, arrondi fortement et régulièrement sur les côtés, avec sa plus grande largeur un peu en arrière du milieu de la longueur. Angles antérieurs, vus en dessus, légèrement projetés en avant et un peu en dehors. Angles postérieurs à peine marqués, parfois nuls et arrondis. Dessus du pronotum couvert de granulations peu serrées, surtout au milieu, où se voient les vestiges d'une fine carène longitudinale. Sur les côtés existe une pubescence grise plus ou moins conservée. Le disque du pronotum est, parfois, le siège d'une dépression transversale.

Ecusson petit, souvent déformé, très variable.

Les élytres, plus larges à la base que la base du pronotum, s'élargissent rapidement à partir de l'épaule, pour former un ovale très régulier chez quelques individus, et alors la plus grande largeur de l'arrière-corps est au milieu de sa longueur. Quelquefois, au contraire, l'ovale se rétrécit assez notablement en arrière, et alors la plus grande largeur de l'arrière-corps est à la réunion du 1er et du 2e tiers de la longueur. Toute la surface des élytres est couverte, assez densément, de petits tubercules triangulaires à sommet dirigé en arrière, et qui diminuent de nombre et de volume, d'avant en arrière. Ces tubercules sont entremêlés de rides transversales et d'inégalités. Côte marginale saillante, surtout en avant, formée de crénelures triangulaires serrées. La côte latérale saillante dans toute son étendue, mais surtout en arrière, est formée de petites créne-

(1) Les plus petits exemplaires de cette espèce, que nous ayons vus, n'avaient pas moins de 18 à 19 m/m. Il est probable que la plus petite dimension indiquée par Solier se rapportait à l'exemplaire de Nubie, dont il signale la petite taille, et qui paraît être perdu.

lures dentiformes, rapprochées. Elle se termine en arrière, le plus souvent après avoir reçu la 1re côte dorsale, en se réunissant à la côte marginale, et quelquefois isolément. La 2e côte dorsale, formée, en avant, de tubercules très écartés, qui se confondent facilement avec les tubercules des intervalles, est crénelée et saillante en arrière et se termine isolément avant les autre. Enfin, la 1re côte dorsale, peu appréciable dans la première moitié de l'élytre, où elle se confond presque complètement avec les tubercules des intervalles, est constituée postérieurement par des crénelures dentiformes séparées. Elle se termine tout à fait en arrière et isolément; parfois elle se réunit à la côte latérale. Les intervalles sont couverts, en arrière, d'une pubescence assez épaisse, grisâtre, remontant sur les intervalles externes et sur la partie réfléchie de l'élytre ; celle-ci est marquée de petites granulations espacées. Toutes les côtes en arrière sont formées de tubercules dentiformes, élevés, placés sur un repli saillant de l'élytre plutôt que sur une carène. Cette disposition rend les intervalles creusés, scaphidiformes.

Abdomen finement pubescent, granulé et présentant, parfois, de petites rides transversales très fines. Sur le milieu des premiers articles, entre les granulations, le fond est très finement ponctué.

Tibias antérieurs médiocrement élargis, à dent externe assez largement acuminée et projetée en avant plutôt qu'en dehors. Tibias intermédiaires fortement creusés sur leur face dorsale ; tibias postérieurs relativement assez larges sur leur face dorsale, qui est légèrement cannelée, mais un peu plus profondément dans le tiers moyen.

Quatre tarses postérieurs comprimés, ciliés de poils très longs, très mous et très fins, pénicillés également sur les deux bords.

Patrie : Tripoli. Nubie (Sol.)

Cette espèce, qui était restée assez rare dans les collections, vient d'être rapportée de Tripoli, par M. A. d'Orbigny, au nombre d'une vingtaine d'exemplaires. Il l'a prise au commencement d'avril, dans l'après-midi, à 5 ou 6 kilomètres au sud de Tripoli, dans l'intérieur des terres, là où commence le désert. Elle court sur le sable, où elle s'enfonce, parfois, la tête la première, en laissant la partie postérieure du corps en dehors. Un exemplaire entraînait un cadavre d'insecte.

Types de Solier dans la collection de Marseul.

La var. A Sol. est remarquable par sa taille un peu plus grande, par sa convexité plus forte, par ses granulations effacées, et, enfin, par sa forme très atténuée en arrière. Nous possédons deux exemplaires de cette variété, dont le type n'existe pas dans la collection de Marseul.

La var. B est de taille plus petite, plus étroite, plus cylindrique et plus convexe ; elle se distingue, en outre, par son prothorax un peu plus long et par la pubescence fauve couchée qui recouvre la plus grande partie des élytres. Elle provient de Tripoli, et nous avions cru, au premier abord, devoir en faire une espèce nouvelle, sous le nom inédit de *Tripolitana*. Un exemplaire ♀ sans nom dans la collection de Marseul. L'exemplaire ♂, que nous possédons, provient de la collection Javet. Nous n'en avons jamais rencontré d'autres exemplaires.

23. **P. externe-serrata** Fairm. Pet. Nouv. ent. 7e année, n° 135, 1875.

Diagnose Fairm. — *Breviter ovata, lata, parum convexa, nigra, nitida, capite prothoraceque subopacis; capite sparsim punctato, antennis basin prothoracis vix superantibus, articulo tertio tribus sequentibus æquali, ceteris apicem versus leviter decrescentibus; prothorace brevi, longitudine triplo latiore, lateribus arcuatis, utrinque sat dense aspero-granulato; medio fere lævi, utrinque impresso; elytris basi truncatis, prothorace valde latioribus, lateribus rotundatis, carina externa crenulata, utrinque lineis tribus serratis, externa integra, densim serrata, interna minus densa, apice obsoleta, discoïdali minus evidente, intervallis plus minusve regulariter asperatis, subtus tenuissime alutacea, pedibus rugosis, tarsis posticis compressis, villosis.*

Description : Long. 19-20 mill.; larg. 10-12 mill. — Noire, médiocrement brillante, en ovale large assez court, aplatie, cordiforme.

Tête peu densément granuleuse sur les côtés, ponctuée grossièrement en avant. Labre petit, carré avec le milieu lisse en arrière, fortement ponctué en avant, cilié de poils jaunes. Antennes hispides. Articles 4-7 diminuant progressivement, un peu, de longueur; 8e plus court que les autres, 9e plus large, 10e triangulaire; derniers articles brunâtres, ciliés.

Pronotum environ deux fois plus long que large, relativement plus large chez la femelle que chez le mâle; granuleux sur les côtés, à granulation assez écartée, lisse au milieu dans un espace plus ou moins large, autour duquel les tubercules sont très disséminés.

Ecusson subtriangulaire, à base assez large.

Elytres coupées carrément à la base, qui est sensiblement plus large que le bord du pronotum en arrière; elles s'arrondissent régulièrement de l'épaule à l'extrémité, avec la plus grande largeur vers le milieu. Dos des élytres déprimé, couvert de rugosités et de tubercules d'autant plus oblitérés qu'on les observe plus près de la suture. Côte marginale formée par une rangée serrée de petites dents pilifères à sommet dirigé en arrière. Côte latérale rejoignant presque la précédente à l'épaule : partie de là, elle suit exactement le bord marginal, dont elle est plus rapprochée que de la 2e dorsale. Cette côte latérale est densément crénelée de dents plus fortes que celles de la côte marginale, un peu écartées et obtuses en avant. La 2e côte dorsale est formée par une douzaine au plus de tubercules oblongs assez irrégulièrement placés et formant une série irrégulière présentant quelquefois une déviation à angle externe. Cette côte se termine, en arrière, vers le tiers postérieur de l'élytre par une série de quelques petits tubercules. Première côte dorsale formée de tubercules plus ou moins oblitérés, plus saillante dans le tiers moyen de l'élytre. A son origine, elle se rapproche de la 2e dorsale et se termine un peu plus bas que celle-ci. Le 1er intervalle est marqué de rugosités, d'enfoncements et de tubercules plus ou moins oblitérés. Les autres intervalles présentent des tubercules de grosseur moyenne et de très petites granulations ; les uns et les autres plus forts et plus serrés en se rapprochant de l'épaule. Flancs des élytres à granulations très petites et très écartées.

Dessous de l'abdomen finement et densément granuleux, avec une ponctuation fine dans l'intervalle des granulations.

Tibias antérieurs terminés en dehors par un prolongement très marqué et large, plutôt que par une dent. Tibias intermédiaires nettement canaliculés sur le dos, peu larges. Tibias postérieurs aplatis. Les tarses postérieurs et intermédiaires sont ciliés de poils d'un brun noirâtre, longs, mous, pénicillés, principalement sur le bord inférieur.

Patrie : Maroc (Mogador). — Types : coll. Fairmaire.

24. **P. platynota** Fairm. Petites nouv. ent. 7e ann. n° 135. 15 nov. 1875.
Syn. *P. platyptera* (Kr.)

Diagnose (Fairm.) — *Brevis, ovata, nigra, sat nitida, dorso planata; capite tenuiter asperato, antennis basin thoracis haud attingentibus, articulis tribus ultimis subtransversis; prothorace longitudine duplo latiore lateribus rotundatis, angulis anticis subocutis, sat dense aspero-granulato, spatio medio longitudinali lævi; elytris suborbiculatis, basi late truncatis, post medium attenuatis, transversim plicatulo-undulatis, aspero-granatis, utrinque lineis 2 discoïdalibus, parum elevatis. costis 2 lateralibus validioribus aspero-crenulatis, margine reflexo dense aspero-granato; subtus dense aspero-rugoso, prosterno antice tenuissime reticulato, pedibus validis, asperis, tarsis posticis nigro-setosis, compressis, calcaribus posticis externis, laminatis, acutis, articulo primo paulo longioribus.*

Description : Long. 18-20 mill.; larg. 11-12 mill. — D'un noir légèrement brillant, surtout sur l'arrière-corps qui est élargi en avant, cordiforme, fortement déprimé sur le dos.

Tête convexe, finement granulée, avec une impression inter-antennaire étroite, généralement bien marquée. Labre rugueux, granuleux, cilié de fauve. Menton ponctué, étroitement rebordé, ayant ses deux lobes antérieurs de forme très variable, quelquefois presque anguleux en avant. Antennes médiocrement épaisses, n'atteignant pas tout à fait, en arrière, la base du pronotum : 8e article aussi large que long, le 9e plus large que long, le 10e court et large.

Pronotum deux fois environ aussi large que long; bord antérieur à peine concave avec les angles antérieurs très petits, presque nuls; bords latéraux assez fortement arrondis en avant, presque rectilignes en arrière où ils sont rentrants; bien que l'angle postérieur paraisse un peu saillant vu d'en haut, il est très obtus, presque arrondi, vu de côté. La plus grande largeur du pronotum est placée, environ, au milieu de sa longueur. Bord postérieur presque droit, légèrement concave en arrière devant l'écusson; surface du pronotum granulé partout, plus finement sur le milieu du disque, avec les vestiges d'un sillon longitudinal médian. Il n'est pas rare de rencontrer des exemplaires ayant un repli ou un sillon transversal sur le milieu du disque.

Ecusson très petit, enfoncé, souvent peu visible.

Elytres plus larges à la base que la base du pronotum, s'élargissant en s'arrondissant brusquement à l'épaule, pour atteindre leur plus grande largeur à la jonction du tiers antérieur avec le tiers médian. La surface des élytres est couverte, jusqu'en arrière, de granulations plus ou moins effacées, réunies transversalement de manière à former des rides transversales. La première côte s'écarte de la suture à son origine et s'en rapproche dans le dernier tiers pour se terminer isolément à une distance variable de l'extrémité; elle est crénelée, quelquefois presque lisse dans le premier quart, et crénelée postérieurement : il n'est pas rare qu'elle disparaisse complètement dans le tiers moyen pour reparaître postérieurement. Deuxième côte fine, crénelée, raccourcie, plus ou moins, en avant et en arrière. Côte latérale entière, crénelée, saillante, surtout postérieurement, où elle se termine en se dirigeant en dehors pour rejoindre la côte marginale. Celle-ci est plus ou moins saillante, formée de crénelures serrées. Flancs assez densément et également couverts de petites granulations triangulaires réunies par des rides transversales.

Abdomen un peu plus brillant que le dessus des élytres, à sculpture variable, plus ou moins distinctement granulé.

Tibias antérieurs terminés extérieurement par un prolongement long, très large, et plus ou moins tranchant, plutôt que par une dent. Tibias intermédiaires fortement canaliculés sur le dos. Tibias postérieurs longs, relativement grêles, aplatis et non creusés sur leur face dorsale. Les épines terminales des quatre tibias postérieurs sont longues, aiguës et aplaties en lame. Les tarses intermédiaires sont légèrement comprimés. Les tarses postérieurs le sont davantage : les uns et les autres sont ciliés sur leurs bords de petits poils raides et courts, réunis en touffes en dessous.

Patrie : Maroc : Tanger. — Types : Coll. Fairm.

Cette espèce est facilement reconnaissable à sa forme, à la granulation du pronotum qui n'est lisse que dans les vestiges du sillon longitudinal médian, à la forme des épines terminales des tibias postérieurs. La ciliation toute différente des tarses ne permet pas de la prendre pour la *P. externe serrata* Fairm., dont elle diffère beaucoup plus que les descriptions ne semblent l'indiquer. Assez rare dans les collections. J'en possède cinq exemplaires qui m'ont servi pour la description ci-dessus, et dont l'un est identique avec le type de M. Fairmaire.

25. **P. læviuscula.** Kr. Rev. d. Tén. p. 367.
Syn. *P. Stupida* (Fairm.)

DIAGNOSE Kraatz. — *Nigra, nitida, lata, rotundato-ovata, parum convexa, antennis breviusculis, articulo nono latitudine vix longiore, capite parce punctato, thorace brevi, fortiter transverso, lateribus æqualiter rotundato, medio sublævi, lateribus crebre, minus subtiliter granulato, granulis elevatis, elytris breviter ovatis, parum convexis, vel dorso deplanatis, punctis vagis exasperatis, serie dorsali prima nulla, secunda e punctis, parum densis, composita, costis lateralibus leviter elevatis, dense granulatis; abdomine subtilissime coriaceo, vage punctato, tarsis valde compressis pilis longis, nigris, ciliatis.*

DESCRIPTION : Long. 21-25 1/2 mill.; larg. 13 1/2-15 mill. — Large, aplatie, glabre, d'un noir brunâtre assez brillant, à arrière-corps cordiforme.

Tête à ponctuation nette, mais peu confluente, ayant quelquefois des dépressions marquées sur le vertex, et presque toujours un sillon large, effacé, transversalement placé entre les antennes. Labre brunâtre à ponctuation variable. Menton à échancrure peu profonde, limitée en arrière par une carène présentant une concavité antérieure. Antennes dépassant légèrement la base du pronotum, assez épaisses surtout chez la femelle, à 9e article un peu plus large que les autres.

Pronotum deux fois au moins plus large que long, présentant fréquemment des dépressions, en général, transversales; irrégulièrement lisse au milieu du disque; granulations écartées devenant plus serrées sur les parties latérales. Bords latéraux régulièrement et assez fortement arrondis. Bord postérieur peu rétréci, paraissant en dessus plus large que le bord antérieur.

Ecusson variable, quelquefois tout à fait triangulaire. La branche postérieure du T renversé est souvent relevée et un peu anguleusement arrondie en arrière.

Elytres un peu plus larges à la base que la base du pronotum, à laquelle elles ne sont pas absolument contiguës; à partir de l'épaule, elles s'élargissent assez brusquement pour s'atténuer, assez brusquement aussi, dans leur tiers postérieur. Leur surface est couverte de petites dépressions linéaires et de tubercules triangulaires écartés, à sommet dirigé en arrière. Ces tubercules sont complètement effacés dans les deux premiers intervalles, et sont marqués surtout en avant dans le 3e et 4e intervalle. La 1re côte dorsale, nulle ou effacée en avant, est indiquée près de l'extrémité par une série linéaire de petits tubercules; elle tend en arrière à rejoindre la côte latérale, qu'elle atteint quelquefois. La 2e dorsale commence à la base et se compose de tubercules arrondis, écartés, diminuant de volume d'avant en arrière; elle se termine isolément, avant les autres côtes. La côte latérale, entière et composée de tubercules triangulaires, est plus saillante et placée plus près de la marginale qu'elle suit parallèlement et à laquelle elle tend à se réunir en arrière, après avoir reçu la terminaison de la 1re dorsale. La côte marginale est plus finement crénelée que la latérale, surtout en avant, où elle est formée de denticules beaucoup plus petits. Flancs à granulations fines et éparses.

Abdomen très finement granulé et encore plus finement ponctué.

Tibias antérieurs terminés extérieurement par une dent assez forte, mais peu aiguë. Tibias intermédiaires très fortement creusés sur leur face dorsale; les postérieurs ne sont que subdéprimés. Quatre tarses postérieurs comprimés et longuement ciliés de poils mous, épais, longs, noirâtres et réunis en pinceaux épais, en dessus et en dessous.

Patrie : Maroc : (Mogador, Tanger).

Cette espèce est répandue, depuis longtemps, dans les collections parisiennes, où elle portait le nom inédit de *P. stupida* Fairm., et quelquefois celui de *P. ambigua*. — Elle se reconnaît facilement à sa forme large aplatie, à la surface unie et lisse de ses élytres, etc., etc.

26. **P. cordata** Kr. Rv. des Tenebr. p. 368. (1865).
Syn. *P. maroccana* Fairm. Pet. nouv. ent. 7e année, no 135. (1875).

Diagnose Kraatz. — *Piceo-nigra, nitidula, latiuscula, deplanata, pilis fulvis brevissimis, parce vestita, antennis articulis elongatis, capite vage punctato, thorace ab elytris magis quam solito remoto, parce subtiliter granulato, latiusculo, lateribus leviter rotundato, angulis anterioribus margine reflexo subprominulis, elytris subcordatis, punctis crebris elevatis, basin versus fortius densiusque, subtiliter subruguloso-exasperatis, lateribus costis duo crenulatis, approximatis, elevatis, laterali, basin versus sensim evanescente, seriebus tuberculorum majorum vix ullis, tarsis posterioribus compressis, longe fulvo pilosis.*

Description : Long. 20-25 mill.; larg. 10-13 mill. — Ovalaire, légèrement brillante, à arrière-corps cordiforme, déprimé sur le dos.

Tête ponctuée, à ponctuation plus écartée et plus rare en arrière : sur le milieu du front se voit une fovéole peu marquée, ainsi qu'une dépression transversale, entre les deux antennes. Labre assez étroit en arrière, peu profondément ponctué. Menton ponctué, très anguleusement dilaté latéralement, peu profondément échancré en avant; palpes rougeâtres. Antennes assez grêles, surtout chez le mâle, dépassant un peu en arrière le bord postérieur du pronotum, à articles rougeâtres à l'extrémité, diminuant progressivement de longueur du 3e au 8e; 9e un peu plus long; 10e court, triangulaire.

Pronotum transversal, paraissant plus large à la base qu'au bord antérieur; angles antérieurs saillants en dehors, ainsi que les angles postérieurs. Bords latéraux assez fortement arrondis latéralement, légèrement sinués avant l'angle postérieur qui est obtus. La plus grande largeur du pronotum est vers les trois quarts de sa longueur. Bord postérieur bisinué. Le pronotum est couvert d'une granulation fine, assez écartée, surtout sur le disque et au voisinage du bord postérieur. Prosternum fortement canaliculé avec des bords latéraux saillants formant presque deux tubercules assez marqués.

Ecusson court. La branche antérieure du T renverse est très courte, la branche postérieure transversale est nettement relevée.

Elytres cordiformes, couvertes de granulations assez serrées, réunies latéralement sous formes de rides obliques, ressemblant, suivant la remarque de M. Kraatz, aux rugosités d'une rape. Côte marginale densément et finement crénelée. La côte latérale, assez rapprochée de la précédente, est formée de tubercules isolés en avant, rapprochés et beaucoup mieux marqués à partir du deuxième tiers de la longueur de l'élytre. Les côtes dorsales sont réduites à une série de petites granulations et sont à peine visibles. Flancs des élytres avec quelques granulations petites et écartées. Mésosternum présentant en arrière, surtout chez le mâle, un bourrelet assez élevé, en demi-cercle à concavité postérieur. Prosternum sillonné longitudinalement au milieu : le prolongement du premier anneau abdominal placé entre les hanches postérieures, à son bord relevé assez fortement chez le mâle. Granulation de l'abdomen extrêmement fine, visible seulement avec une forte loupe.

Tibias antérieurs terminés en dehors par une dent assez forte, obtuse ou aiguë. Tibias postérieurs et intermédiaires à face dorsale étroite, aplatie seulement. Quatre tarses postérieurs comprimés, à cils assez longs, pénicillés en dessus et en dessous, mais caduques.

Je possède un individu ♀ chez lequel les articles du tarse sont absolument glabres.

Patrie : Maroc (Mogador).

27. **P. gracilenta** Haag. D. Ent. Zeitschr. 1875. Heft. VII. p. 52.
Syn. *P. gracilenta* (Kr.) — *P. aspero-hirta* (Fairm.)

Diagnose Haag. — *Oblongo-ovata, nigra, nitida, subtus leviter rufo-pubescens; antennis thoracis basin non attingentibus; capite magno, fronte vix, clypeo densius punctato; thorace longitudine duplò latiore, lateribus versus basin angustatis, ante medium fortius rotundatis, supra disco lævi, ad latera dense granulato; elytris ovatis, modice convexis, humeris non prominulis, margine crenulato, utrinque lineis tribus serratis, externa integra, densius serrata, internis obsoletioribus, intervallis dense regulariter asperatis; tarsis posticis compressis, vix ciliatis.*

Description : Long. 19-23 mill.; larg. 12-14. — D'un noir légèrement brillant, à arrière-corps allongé, ovale, déprimé, et atténué en arrière.

Tête grande, finement ponctuée sur le vertex, densément sur le front, rugueusement en avant et sur le bord antérieur, granulée latéralement. Impression souvent très marquée entre les antennes. Labre rugueusement ponctué sur le pourtour. Menton fortement échancré, rugueusement ponctué. Palpes d'un brun rouge clair. Antennes atteignant, en arrière, le quart postérieur du pronotum, assez épaisses, hispides, brunâtres ; articles 4-8 diminuant, progressivement, de longueur, à peine plus longs que larges : le 9e article plus grand que le 8e, le 10e transversal.

Pronotum deux fois plus large que long, à bords antérieur et postérieur légèrement concaves. Le bord antérieur présente quelquefois, au milieu, une très petite saillie anguleuse qui avance un peu sur le vertex; son rebord est fortement épaissi vers les angles antérieurs, qui sont un peu saillants. Bords latéraux très fortement rebordés, arrondis en avant, rentrant ensuite fortement pour s'écarter tout à fait en arrière, ce qui rend les angles postérieurs plus saillants qu'ils ne le sont habituellement. La plus grande largeur du pronotum est située un peu avant le milieu. Disque lisse avec quelques granulations écartées le long des bords antérieur et postérieur, et une ponctuation fine, écartée, parfois peu visible. Les côtés sont densément et fortement granulés ; le bord postérieur un peu plus étroit que le bord antérieur.

Ecusson triangulaire, marqué d'un sillon longitudinal, médian, de longueur variable : tantôt il forme une simple ancoche du bord postérieur, tantôt il divise l'écusson tout entier.

Elytres un peu plus larges, à la base, que la base du pronotum ; épaules s'élargissant en s'arrondissant. La plus grande largeur des élytres, est située un peu avant leur milieu ; elle sont légèrement déprimées, sur le dos, et deviennent déclives à partir du tiers postérieur. Elles sont partout couvertes d'une très fine granulation, un peu plus forte antérieurement, où elle est entremêlée de quelques petits granules. La granulation, surtout dans le tiers médian, présente de petites rides tranversales très fines, plus appréciables dans les deux premiers intervalles. Côtes dorsales indiquées par une rangée de granulations peu saillantes qui se confondent en avant, surtout pour la seconde dorsale, avec les granulations des intervalles. Les deux côtes dorsales disparaissent vers le 6ᵉ postérieur. Côte latérale notablement plus saillante surtout dans la moitié postérieure où elle est formée de crénelures serrées; elle est située plus loin de la 2ᵉ dorsale que de la côte marginale à laquelle elle tend à se réunir postérieurement. Celle-ci est finement crénelée, plus saillante en arrière. La superficie de l'élytre est recouverte de petits poils fauves, raides, courts, et visibles seulement en examinant l'insecte latéralement. Les parties réfléchies des élytres sont assez densément et aussi fortement granulés que les intervalles externes, surtout en arrière.

Abdomen présentant, toujours, au moins les vestiges d'une fine pubescence fauve; la sculpture en est variable : tantôt distinctement granuleuse avec de petits points presque imperceptibles, tantôt finement rugueuse.

Pattes assez robustes. L'extrémité des tibias antérieurs en dehors est médiocrement élargie, à prolongement non dentiforme, habituellement mousse. Tibias intermédiaires creusés assez profondément. Les tibias postérieurs sont simplement aplatis avec les deux carènes latérales peu saillantes. Quatre tarses postérieurs comprimés, ciliés de poils très courts et raides.

Cette espèce a été longtemps prise, en France, pour la *P. cordata* Kr. et doit porter encore ce nom dans quelques collections. Elle se rapproche de la *P. discicollis*.

Patrie : Maroc (Tanger, Mogador).

28. **P. discicollis** Fairm. Pet. nouv. ent. 7ᵉ année. n° 135. 1875.

Diagnose Fairm. : *Ovata, modice convexa, sat nitida, capite prothoraceque paulo minus nitidis; capite magno, tenuiter asperato, medio laxe, ad oculos densius; antennis basin prothoracis haud superantibus, prothorace brevi, lateribus arcuatis, postice leviter sinuatis, disco lævi, lateribus granulatis, elytris ovatis, prothorace paulo latioribus, humeris rotundatis, lateribus arcuatis, granulato-asperatis, utrinque lineis 3 granulatis, regularibus, interna minus evidente, basi obsoleta, carina externa leviter denticulata, subtus tenuiter dense asperula, breviter fulva pilosa, pedibus rugosis, tarsis posticis articulo primo vix compresso, fulvo, breviter pilosis.*

Description : Long. 14-17 mill.; larg. 8-9 mill. — En ovale, subparallèle, atténuée légèrement en arrière, convexe, un peu brillante sur les élytres, presque mate sur le pronotum et la tête.

Tête avec quelques points au milieu, et sur toute sa surface à peu près également et très finement marquée de granulations très espacées, sétigères. Labre légèrement rugueux, cilié de poils fauves, menton à surface inégale, granuleuse, à points peu visibles, à échancrure antérieure bien marquée; antennes assez épaisses, hispides, atteignant à peine, en arrière, la base du pronotum. Article 4ᵉ un peu plus long que le 5ᵉ. Articles 5-9, de longueur et d'épaisseur sensiblement égales. 10e petit, cupuliforme. Palpes maxillaires à dernier article large, tronqué, brunâtre.

Pronotum deux fois environ plus large que long, à bord antérieur très légèrement trisinué, ♀ coupé droit, ♂. Angles antérieurs très peu saillants, surtout ♂. Chez celui-ci, la plus grande largeur du pronotum est située un peu plus en avant que chez la femelle. Angles postérieurs presque droits, dos du pronotum très convexe, à peu près mat, largement lisse au milieu, avec quelques granulations très fines et très écartées derrière le bord antérieur. Les côtés sont granulés, mais la granulation ne devient un peu dense que depuis le niveau des yeux jusqu'au bord latéral.

Ecusson relevé postérieurement en un bourrelet transversal légèrement curviligne.

Elytres pas plus larges, à la base, que le bord postérieur du pronotum, s'arrondissant très régulièrement en ovoïde allongé. Dos des élytres convexes, devenant progressivement déclive postérieurement à partir du tiers postérieur de la longueur des élytres. Première côte dorsale obsolète dans la première moitié, où elle se présente sous forme d'une carène effacée, lisse ou marquée de quelques granulations oblitérées et très écartées, formée postérieurement de granulations écartées. Deuxième dorsale partout entière, formée de granulations écartées. Ces deux côtes sont raccourcies en arrière. Côte latérale formée, dans toute son étendue, de granulations plus écartées en avant : c'est la plus longue de toutes. Côte marginale à dentelures saillantes, écartées, terminées par un cil brun, recourbé et dirigé eu arrière. Intervalles couverts d'une granulation effacée dans la partie antérieure du premier intervalle, et un peu moins dans la moitié interne du deuxième, en avant. Cette fine granulation devient plus faible et plus rare en arrière ; elle est entremêlée en avant de granulations plus fortes et rangées, quelquefois, en séries longitudinales irrégulières, surtout dans le 3e et le 4e intervalles. Flancs des élytres, peu densément, parsemés d'une granulation composée de grains plus petits, et de granulations plus fortes, entremêlées sans ordre. La partie postérieure de l'élytre et le 4e intervalle présentent les vestiges d'une fine pubescence grise couchée. Enfin on trouve chez les individus frais des poils fins dressés, assez longs, sur les élytres.

Tibias antérieurs médiocrement élargis en bas avec un prolongement dentiforme assez saillant. Tibias intermédiaires fortement, tibias postérieurs à peine creusés sur leur face dorsale.

Quatre tarses postérieurs légèrement comprimés, ciliés en dessus et en dessous de cils brunâtres assez courts.

Patrie : Maroc (Mogador, Tanger). — Types : coll. Fairm.

Cette espèce a de très grands rapports avec la *P. gracilenta* Haag. Elle en diffère par sa taille toujours plns petite, par la forme plus étroite de l'arrière-corps. La tête est presque lisse au milieu, au lieu d'être fortement ponctuée et granulée. Les antennes sont un peu plus longues. Le pronotum est beaucoup plus largement lisse au milieu. Les granulations des élytres sont inégales entre elles ; les flancs des élytres moins densément et moins fortement granulés. Les poils dressés sur les élytres sont très longs et très fins. Enfin les quatre tarses postérieurs sont moins fortement comprimés.

La réunion de ces caractères, et l'aspect bien différent des deux espèces nous ont empêché de les réunir. Il pourrait se faire cependant qu'elles ne fussent que deux formes locales de la même espèce. Nous possédons, dans notre collection, un individu qui paraît constituer une forme intermédiaire entre les deux espèces. Cet individu provient de Tanger.

29. **P. grandicollis** Kr. Rev. der Ten. p. 368.

Diagnose Kraatz. — *Oblongo-ovata, supra parce nigro-pilosa, subtus dense rufo-pubescens, antennis articulis elongatis, 6-9 longitudine inter se subæqualibus, capite magno, parce subtiliter punctato, thorace antice coleopteribus parum angustioribus, modice transverso, basin versus sensim angustato, lateribus ante medium fortius rotundato, supra disco lævigato, lateribus fortiter tuberculato, elytris oblongo-ovatis, 4 costatis costis tribus exterioribus inter se subæqualibus, dense tuberculatis; costa dorsali prima latiore, lævigata, pone medium tuberculata; interstitiis parce subtiliter tuberculatis, tarsis posterioribus sub-compressis, tarsis breviter nigro-ciliatis.*

Description : Long. 16 1/2 - 18 mill.; larg. 11 - 12 mill. — Arrière-corps en ovale peu allongé, peu déprimé, d'un noir brillant.

Tête grande, assez sensiblement rétrécie en avant, presque lisse sur le disque qui est finement ponctué, très rugueusement ponctuée en avant, légèrement granulée sur les côtés. Bourrelets et dépressions ante-oculaires assez marqués. Labre étroit, à ponctuatian fine et peu visible. Menton petit, peu fortement ponctué et rebordé. Palpes brunâtres, à dernier article plus clair. Antennes d'un brun clair, atteignant à peine la base du pronotum, à articles 4 à 8 diminuant un peu de longueur ; le 9e est plus long, plus large à l'extrémité ; 10e transversal, court.

Pronotum très convexe dans tous les sens, faiblement rebordé, à bord antérieur légèrement trisinué en avant, avec les angles antérieurs à peine saillants ; bord postérieur coupé droit, avec les angles postérieurs très obtus, mais marqués ; bords latéraux fortement arrondis et convexes en avant, rentrant en ligne droite postérieurement. Le dos du pronotum est lisse, brillant, et présente parfois les vestiges d'une élévation effacée ou finement carénée sur sa ligne médiane, et quelquefois d'une dépression linéaire transversale plus nette. Il est assez densément granulé latéralement. La plus grande largeur du pronotum est en avant du milieu de sa longueur.

Ecusson petit, en T renversé, assez saillant, légèrement curviligne en arrière.

Elytres convexes, à peine déprimées sur le milieu du dos, à peu près aussi larges à la base que le pronotum dans sa plus grande largeur. A partir de l'épaule, qui est bien marquée, elles s'arrondissent progressivement, et très régulièrement, jusqu'un peu au-delà du milieu, puis se rétrécissent postérieurement avec la même régularité. Elles sont brillantes, et présentent quelques granulations très petites, et très espacées, surtout vers l'extrémité et dans le premier intervalle, où elles sont souvent oblitérées. La première côte, large, est plus ou moins effacée en avant, saillante dans les parties moyenne et postérieure de l'élytre. La 2e côte dorsale, en carène élevée, mousse, porte à son origine des crénelures plus ou moins écartées qui deviennent plus petites, et plus rapprochées, postérieurement. Cette carène se termine avant la 1re côte à laquelle elle se réunit parfois. La côte latérale, élevée et crénelée comme la 2e dorsale, est plus saillante dans toute son étendue et est située à égale distance de la 2e dorsale et de la côte marginale. Celle-ci est formée de petites dents de scie, saillantes et écartées, dont émerge un poil court, raide. La surface de l'élytre, surtout en arrière, est hérissée de poils fauves dressés, longs chez les individus frais, mais qui peuvent se raccourcir ou disparaître même complètement. Les flancs des élytres, d'un noir mat ou peu brillant, sont parsemés de très petites granulations, fortement espacées; ils sont quelquefois presque lisses.

L'abdomen finement granuleux et ponctué en dessous, présente une pubescence roussâtre, fine et épaisse.

Tibias antérieurs terminés en dehors par une dent assez prolongée et aiguë, paraissant souvent sur-ajoutée ; tibias intermédiaires assez fortement canaliculés sur le dos; tibias postérieurs aplatis sur la face dorsale, l'épine terminale interne très longue, légèrement laminée; quatre tarses postérieurs médiocrement comprimés, ciliés de poils courts et raides.

Patrie : Maroc (Mogador).

Peu rare dans les collections de Paris où elle est habituellement bien nommée. — Cette espèce se distingue facilement de la *P. gracilenta* Haag, à laquelle elle ressemble un peu par sa forme.

30. **P. inexspectata** Sén. Ann. Fr. 1881. Bull. p. XXXI.
Syn. ♀ *P. convexicollis* Sén. Bull. Soc. ent. Fr. 1882. p. LVII.

DIAGNOSE. — *Convexa, breviter ovata, ubique, fere, pilis flavis vestita. Caput medio sublæve, antice obsoletis punctis, ad latera granulis aliquot notatum. Pronotum latum, angulis anticis pro-*

minentibus, disco sublævi. Prosternum acuto brevique rostro terminatum. Elytra setuliferis parvisque granulis notata, quadricostata; costæ validæ, depilatæ, crenulatæ. Costa secunda dorsalis postice abbreviata. Tibiæ anticæ dente valido extus terminatæ. — Tarsi quatuor postici compressi, longis, supra, fulvisque pilis, brevioribus infra, ciliati.

Femina major, magis elongata.

Description : Long. 15-20 1/2 mill.; larg. 9-11 mill. — Convexe, à arrière corps court, brièvement ovale ♂, plus allongé ♀; atténué assez fortement en arrière. Couvert d'une pubescence fauve, épaisse, courte, et qui ne manque que sur les parties saillantes.

Tête presque lisse, dénudée sur le milieu, marquée en avant de quelques gros points rugueux obsolètes. Sur les côtés sont espacées de petites granulations pilifères. Labre superficiellement ponctué en avant, très légèrement sinué, cilié de poils, d'un flave doré, un peu plus longs qu'habituellement. Antennes atteignant, en arrière, les hanches intermédiaires, à articles coniques allongés, hispides; le 8e un peu plus court que le précédent, le 9e un peu plus long et plus large à l'extrémité; 10e triangulaire, presqu'aussi large à l'extrémité que long, d'un brun brillant, blanchâtre à l'extrémité, ainsi que le 9e; le 11e l'est tout entier. Palpes maxillaires à dernier article brun, épais. Menton assez profondément et anguleusement échancré en avant, peu fortement ponctué.

Pronotum court, fortement convexe, à angles antérieurs avancés et saillants. Bord antérieur rebordé plus fortement sur les côtés, concave en avant. Le bord postérieur est concave en arrière ; ils sont l'un et l'autre ciliés d'une bordure de poils courts, d'un jaune grisâtre pâle. Bords latéraux assez fortement arrondis en avant, rentrant en arrière en ligne presque droite, angles postérieurs obtus. Le disque est presque lisse, avec un espace longitudinal étroit qui l'est complètement. Les granulations deviennent de plus en plus marquées à mesure qu'on se rapproche des côtés. Là elles sont arrondies, de taille moyenne, régulièrement et peu densément espacées, et tranchent par leur couleur noire sur le fond pubescent. Le prosternum est terminé en arrière par un bec en pointe peu prolongée.

Ecusson petit, triangulaire, transversalement relevé au milieu.

Elytres plus larges, à la base, que la base du pronotum ; de là elles s'élargissent progressivement jusqu'à la moitié de leur longueur, pour s'atténuer assez brusquement en arrière. Elles sont assez fortement convexes en tous sens, brusquement déclives en arrière, couvertes d'une pubescence serrée assez épaisse, feutrée, d'un gris jaunâtre pâle, sur laquelle tranchent la suture et les trois côtes internes; granulations des intervalles petites, régulièrement et peu densément espacées, affectant dans le 4e intervalle une disposition en lignes longitudinales irrégulières. Toutes les côtes bien marquées, noires, saillantes et crénelées postérieurement ainsi que la suture. La côte latérale, saillante et crénelée dans toute son étendue, se réunit à la base avec la côte marginale (1). Les deux côtes dorsales, composées en avant de granulations séparées, commencent à une distance variable de la base, puis deviennent plus saillantes et crénelées. Toutes les côtes se terminent isolément à l'extrémité; la 2e dorsale est la plus raccourcie en avant, et surtout en arrière. La côte marginale est finement crénelée dans toute son étendue. Flancs des élytres uniformément et sparsément parsemés de petites granulations, à peu près de même grandeur que dans le 4e intervalle. Mésosternum convexe, à granulations espacées. Les segments abdominaux pubescents présentent une granulation fine, plus rare dans le tiers antérieur.

Tibias antérieurs terminés extérieurement par un prolongement dentiforme plus ou moins prolongé. Tibias intermédiaires étroitement canaliculés sur leur face dorsale. Tibias postérieurs légèrement aplatis, non cannelés sur leur face supérieure, qui est ciliée à l'extrémité de poils semblables à ceux du bord supérieur des tarses. Les quatre tarses postérieurs, comprimés latéralement, sont ciliés sur leur bord supérieur de poils fauves, longs, fins, inclinés en arrière, non pénicillés et de poils analogues, mais plus raccourcis sur leur bord inférieur.

Patrie : Indes orientales. — Types : Musée de Bruxelles; notre collection (ex-coll. Saunders); coll. R. Oberthur (ex-coll. Brown).

31. **P. interstitialis** Sol. Ann. Fr. 1836. p. 105. Pl. IV. fig. 14-16.
Syn. *P. Dejeani* Sol. (pro parte). — *grossa* Mus. de Turin.

Diagnose (Sol). — *Nigra, oblongo-ovalis, capite tuberculato. Prothorace dorso medio punctulato, lateribus et ante tuberculato. Elytris tuberculis minutis, acutis pilumqæ unicum ferentibus; singula costis quatuor; prima ante lævigata, postice tribusque alteris serratis. Antennis pedibusque mediocriter crassis. Tarsis quatuor posticis compressis, hispidis.*

Description : Long. 13-20 mill.; larg. 8-11 1/2 mil. — D'un noir à peine brillant; arrière-corps allongé, subparallèle, déprimé sur le dos, fortement déclive latéralement et en arrière.

Tête assez brusquement rétrécie en avant, marquée, sur sa partie antérieure, de quelques gros points obsolètes, et sur le vertex, de granulations écartées, un peu plus serrées latéralement et en avant. Labre petit, à bords relevés, assez densément granuleux sur son pourtour, lisse et brillant dans le tiers moyen de sa moitié postérieure. Menton peu profondément, quelquefois à peine visiblement

(1) Dans l'exemplaire ♀ qui fait partie de notre collection, cette réunion a lieu accidentellement à la réunion du 6e antérieur avec les 5-6es postérieures.

échancré en avant. Antennes atteignant, en arrière, les hanches intermédiaires, médiocrement épaisses, très hispides. Articles cylindroconiques diminuant de longueur du 3e au 8e, le 9e est à peine plus long que le 8e, mais élargi ; 10e cupuliforme. Les derniers articles brillants et brunâtres. Palpes maxillaires à dernier article brun.

Pronotum deux fois, environ, aussi large que long, à côtés arrondis régulièrement, avec le maximum de largeur un peu après le milieu. Bords antérieur et postérieur légèrement trisinués, ce dernier un peu plus large. Angles antérieurs très courts, angles postérieurs marqués, obtus. Disque du pronotum lisse, mat, très-finement ponctué au milieu. Les côtés sont marqués de granulations médiocrement et régulièrement espacées, entremêlées latéralement de poils grisâtres, couchés : elles se rejoignent sur la ligne médiane, en avant du bord postérieur, mais surtout en arrière du bord antérieur.

Ecusson en losange ou en triangle, à grand diamètre transversal ; souvent sa branche antérieure est cachée par le bord postérieur du pronotum : il paraît alors linéaire.

Elytres en ovale, un peu plus larges en arrière, où elles sont médiocrement déclives. En avant, elles ne sont guère plus larges que la base du pronotum. Elles sont couvertes de granulations de grandeur inégale, plus serrées ♂ et plus écartées ♀, et dans la partie postérieure et déclive des élytres ; ces granulations donnent naissance, surtout en arrière et sur les côtés, à des poils longs, fins, dressés, d'un fauve brunâtre. Quatre côtes bien visibles, surtout la première, qui est la plus saillante, lisse ou à crénelures allongées et peu profondes, dans sa partie antérieure, crénelée postérieurement. Elle est quelquefois marquée de quelques fortes granulations en avant, et se termine en arrière, soit isolément, soit en se réunissant à la côte latérale. La deuxième dorsale et la côte latérale, bien marquées dans toute leur étendue, sont granuleuses en avant, crénelées en arrière. La côte marginale est formée de très petites crénelures, plus serrées en arrière. Les flancs des élytres sont parsemés de granules plus petits, plus écartés, et plus égaux entre eux, que dans le 4e intervalle.

Dessous couvert d'une pubescence assez serrée. Abdomen granulé, parfois rugueusement.

Tibias antérieurs assez courts, terminés, en dehors, par une dent assez forte se dirigeant plutôt en avant qu'en dehors. Tibias intermédiaires assez profondément et largement canaliculés sur la face dorsale ; les tibias postérieurs le sont également, mais beaucoup plus superficiellement.

Quatre tarses postérieurs, légèrement comprimés latéralement, ciliés de poils plus ou moins longs et raides.

Patrie : Algérie mér. (Biskra, etc., etc.), Tunisie (Kairouan), Tripoli. Les individus provenant de cette dernière localité sont en général petits et ont la granulation un peu plus faible. Ils portent quelquefois dans les collections le nom de *parva* Sol. ou de *parvula* Sol.

Nous signalerons encore une forme intéressante trouvée par MM. Brisout et Bedel au Kreider (Algérie).

Les individus de cette localité se rapprochent beaucoup de ceux de Tripoli; ils diffèrent du type de l'espèce par des granulations presque imperceptibles, par les côtes des élytres peu saillantes, l'absence de poils dressés longs sur les élytres, la forme plus arrondie de l'arrière-corps, l'écusson plus élargi, les dents externes des tibias antérieurs plus aiguës et dirigées un peu plus en dehors, etc., etc. Cette variété constitue peut-être une espèce distincte; elle se rapproche de la *P. parva* ou *parvula* (Sol. inédit).

Types : Coll. de Marseul.

La *P. interstitialis* se rencontre fréquemment avec la *P. simplex* sous les cadavres desséchés de chameaux (Bedel), ou dans les boîtes de conserves alimentaires abandonnées sur les lieux de campement (Sédillot). Elle est extrêmement commune.

Nous n'hésitons pas à réunir, partiellement, la *P. Dejeani* Sol. à cette espèce. Les trois types de Solier existent dans la collection de Marseul. Ils se composent ainsi : Deux individus de la *P. grandis* ♂, et un individu de grande taille de la *P. interstitialis* ♀.

32. **P. inflata** Herbst. Kaf. VIII. 1879. p. 98. pl. 123. f. 12.

Syn. *P. aspera* Dahl ? (ex-Harold). — *P. barbara* Sol. Ann. Fr. 1836. p. 106. — *P. sicula* (Dej. Cat.)

Var. A. *P. vestita* (Dej. Cat.)—(*nec latipes* Sol. *nec amicta* Baudi).

DIAGNOSE Sol. (1) — *Nigra, ovalis. Prothorace dorso lateribus laxe et acute tuberculato, medio sublævigato. Elytris supra planatis, sutura costisque quatuor elevatis : primis duabus ante obliteratis, medio integris, postice serratis : laterali marginalique longioribus, crenatis. Interjectis tuberculis magnis, numerosis, subtriangularibus. Antennis crassis; tibiis anticis latis. Tarsis quatuor posticis subciliatis; ciliis infernis penicillatis.*

Var. A. *P. vestita* (Dej. Coll. Dup.) *Parum angustior : elytris dorso parum convexioribus.*

DESCRIPTION : Long. 18-26 mill.; larg. 11-14 mill. — Ovale, large, déprimée, atténuée en arrière.

Tête marquée de points pilifères espacés, plus gros à la partie antérieure, parfois espacés. Entre les antennes une dépression transversale, part des fossettes ante-oculaires : en dedans des

(1) La diagnose de Herbst est trop insuffisante pour que nous la donnions ici.

yeux existe une fossette arrondie, peu profonde, obsolète. Labre subsinué, cilié de fauve, assez fortement ponctué, Menton médiocrement échancré, faiblement ponctué. Antennes robustes, atteignant en arrière la base du pronotum ; 9e article plus large que le 8e, 10e nettement transversal. Palpes maxillaires bruns.

Pronotum court, convexe, surtout sur les côtés, ayant sa plus grande largeur un peu en arrière du milieu de sa longueur. Le disque est presque lisse, marqué seulement de quelques petites granulations très espacées, un peu plus confluentes, au voisinage des bords antérieur et postérieur. Sur le milieu se voit parfois une légère carène longitudinale, et presque toujours une dépression transversale, entière ou marquée seulement sur les côtés, qui présentent des granulations de moyenne taille, peu saillantes et souvent aplaties. Vus en dessus, les quatre angles paraissent être un peu saillants. Les angles postérieurs sont réellement obtus, précédés par une légère sinuosité du bord latéral.

Ecusson petit, souvent enfoncé, en triangle presque équilatéral, à base un peu plus large que les côtés.

Elytres, régulièrement, et assez fortement élargies latéralement, avec leur plus grande largeur au milieu ; elles sont fortement déprimées sur le dos, d'un noir intense, luisant. La première côte dorsale commence par une ou deux granulations près de la base ; de là elle descend parallèlement à la suture ; dans la plus grande partie de son trajet, elle est lisse et saillante, et se termine par quelques crénelures au voisinage de l'extrémité de l'élytre. La deuxième dorsale, constituée de même, commence un peu plus loin de la base et se termine avant la première. Côtes latérale et marginale saillantes dans toute leur étendue, crénelées et se réunissant souvent à l'extrémité. Les intervalles sont profonds à cause de la saillie des côtes élytrales, scaphidiformes, présentant des granulations abondantes assez fortes, réunies, latéralement, par deux et par trois, ou isolées : les intervalles externes, à l'extrémité, sont couverts, chez les individus frais, d'une pubescence couchée, d'un gris légèrement jaunâtre. Flancs des élytres couverts de petites granulations écartées, triangulaires, beaucoup moins fortes que celles du quatrième intervalle.

Abdomen très peu pubescent en général, peu densément granulé et très finement ponctué.

Tibias antérieurs élargis, terminés par une dent assez forte d'une forme très variable. — Tibias intermédiaires assez profondément, tibias postérieurs superficiellement cannelés sur le dos. Quatre tarses postérieurs ciliés de poils assez longs, raides et couchés en dessus, longs, épais et pénicillés en dessous.

Très commune sur le littoral de la mer, la *P. inflata* habite la Tunisie (Kairouan, Sousse, La Goulette, etc.); l'Algérie, la Sicile et la Sardaigne.

La description de la larve a été donnée par Schiodte. Il nous a été impossible de nous la procurer. (Natur. Tidwkr. 1879. III. 11.)

33. **P. latipes** Sol. Ann. Fr. 1836. p. 109.

Syn. *P. amicta* Baudi. Dent. ent. Zeitsch. xx. 1876. p. 420. — ?? *vestita* (Dej.) — (ex-Baudi). (1).

Diagnose Sol. — *Nigra, ovalis, oblonga. Prothorace dorso obtuse tuberculato, medio sublævigato. Elytris pube grisea densaque tectis; singula costis quatuor sub-integris aut crenulatis, suturaque elevatis; costa secunda abbreviata. Interjectis tuberculis numerosis, subtriangularibus; tibiis anticis latis. Antennis crassis : tarsis quatuor posticis compressis, haud longe ciliatis.*

Description : Long. 20-25 mill.; larg. 11-13 mill. — Arrière-corps en ovale allongé, médiocrement aplati, ou peu convexe en dessus.

Tête marquée de gros points rugueux et confluents en avant, plus petits et plus espacés sur le vertex et en arrière, où ils sont entremêlés de points très fins. Quelques granulations pilifères sur les parties latérales. Il existe presque toujours entre les yeux et le milieu du vertex, de chaque côté, une fossette arrondie, quelquefois profonde, et, presque toujours, au moins indiquée. Labre légèrement échancré en avant, cilié de poils roux, densément couvert d'une ponctuation qui diminue de grosseur d'avant en arrière. Menton finement rebordé, à échancrure antérieure peu profonde; il est peu densément marqué de points assez gros. Antennes courtes atteignant la base du pronotum, à articles 4–8 assez épais, diminuant légèrement de longueur. Le 9e article, un peu plus long et plus large à l'extrémité que le 8e, est d'un brun foncé légèrement brillant, ainsi que le 10e qui est cupuliforme, court, transversal et tronqué obliquement pour embrasser intimement le 11e. Palpes bruns avec le dernier article plus clair.

Pronotum court, convexe latéralement et d'avant en arrière, rebordé assez fortement en avant et en arrière, surtout sur les côtés du bord antérieur qui est légèrement trisinué. Angles antérieurs, vus en dessus, paraissant aigus et saillants en dehors, mais en réalité assez fortement défléchis; les côtés arrondis se continuent avec le bord postérieur le plus souvent par une courbe régulière qui efface les angles postérieurs, qui sont, à peine, indiqués. Dos du pronotum marqué de quelques granulations espacées, presque lisse. Les côtés sont couverts de granulations assez denses, aplaties, et qui se rejoignent, en avant, sur la ligne médiane. Milieu du pronotum impressionné, parfois, transversalement.

(1) Il est bien difficile d'admettre que Solier, ayant sous les yeux le type très caractérisé de sa *P. latipes*, n'eut pas reconnu l'identité de la variété *vestita* avec son espèce. Nous doutons donc de la légitimité de la réunion proposée par M. Baudi.

Ecusson variable, relativement plus large transversalement que dans *P. inflata*. La branche postérieure est parfois rebordée et marquée en arrière d'une petite encoche médiane.

Les élytres, à peine plus larges à la base que la base du pronotum, s'élargissent légèrement à l'épaule pour former ensemble un arrière-corps en ovale allongé très régulier, sensiblemment de même largeur en arrière qu'en avant. La face dorsale des élytres est légèrement déprimée et assez brusquement déclive en arrière. La première côte dorsale lisse, ou presque lisse, en avant, commence près de la base, elle est superficiellement crénelée dans la deuxième moitié, ainsi que les côtes, deuxième dorsale et latérale, dans tout leur parcours ; ces dernières sont peu distinctes au voisinage de la base où elles sont constituées par des crénelures tuberculeuses séparées, qui se confondent avec les granulations des intervalles. La côte marginale est finement crénelée dans toute son étendue. Toutes ces côtes sont assez saillantes ainsi que la suture. Leur terminaison en arrière est beaucoup plus variable qu'elle ne l'est habituellement. C'est en général la deuxième côte dorsale qui est la plus courte, en arrière. Chez quelques individus, la première côte se termine avant toutes les autres. La côte latérale se réunit, le plus ordinairement, à la côte marginale. Les intervalles qui séparent les côtes sont peu déprimés, *non scaphidiformes*. Ils sont couverts de petits tubercules, un peu plus forts en avant, surtout dans les deux premiers intervalles, en général isolés, et entourés, dans toute l'étendue de l'élytre, d'une pubescence d'un gris plus ou moins rousssâtre, assez serrée, et qui ne manque guère qu'au voisinage de l'écusson dans le premier intervalle. La partie réfléchie des élytres est parsemée de quelques tubercules triangulaires ; la pubescence y manque, plus ou moins, dans la première moitié.

Le mésosternum, densément granulé, est quelquefois assez convexe au milieu et longitudinalement saillant.

Le dessous de l'abdomen, d'un noir un peu brillant, est couvert de granulations disséminées, bien marquées, et dans l'intervalle desquelles existe une ponctuation fine et serrée.

Les tibias antérieurs, assez fortement élargis à l'extrémité, se terminent, extérieurement, par une apophyse forte, peu aiguë, en général, et d'un brun rougeâtre; cette couleur est due en partie à la transparence. Les tibias intermédiaires sont nettement creusés en une gouttière médiocrement profonde, en dessus. Les tibias postérieurs ont leur face supérieure aplatie, nullement cannelée. Les quatre tarses postérieurs, comprimés latéralement, sont ciliés en dessus de poils raides et couchés, souvent usés et raccourcis. En dessous, les poils des tarses sont raides et toujours courts.

Patrie : la Tunisie (Tunis, La Goulette, Garbata, Kairouan). On la rencontre avec la *P. inflata*, dans le voisinage de la mer.

Solier a décrit son espèce sur un individu faisant actuellement partie de la collection de M. de Marseul, et provenant, dit-il, de Grèce. Il en a vu un exemplaire indiqué d'Egypte. Ces localités nous paraissent être extrêmement douteuses l'une et l'autre. L'étiquette de l'individu typique, décrite par Solier, porte la localité « Grèce » suivie d'un point d'interrogation.

Cette espèce est voisine de la *P. inflata* Herbst. Elle est cependant assez caractérisée pour qu'on ne puisse la réunir comme variété à cette espèce, ainsi que Solier l'avait, dubitativement, proposé (1).

Elle en diffère surtout par la pubescence des élytres, par la ciliation très dissemblable des quatre tarses postérieurs, par la ponctuation différente de la tête, par la forme arrondie, ou plutôt par l'absence d'angles postérieurs au pronotum ; par les granulations plus petites, plus isolées des intervalles des élytres ; par la forme de l'arrière-corps moins élargi latéralement, moins aplati en dessus, moins atténué en arrière, par la déclivité brusque de sa face supérieure, par les intervalles des côtes élytrales plans et non scaphidiformes en arrière, etc., etc.

34. **P. granulata** Sol. Ann. Fr. 1836. p. 103.

Syn. *P. intertuberculata* Luc. Ann. Fr. 1858. Bull. p. CCXX. — *P. Lucasi* Reiche. Ann. Fr. 1861. p. 187. — *P. Doumeti* Sén. Ann. Fr. 1882. Bull. p. XXX.

Diagnose Sol. — *Nigra, sub-oblonga, sub-ovalis. Capite laxe hispido. Prothorace dorso tuberculato. Elytris dorso planatis, subparallelis, tuberculis parvis acutisque tectis. Costis quatuor dentatis, dorsalibus duabus ante et postice obliteratis. Tibiis anticis extrinsecus apice haud abrupte dentatis. Tarsis quatuor posticis compressis, haud longe ciliatis.*

Description (2) : Long. 17 1/2-25 mill.; larg. 11-14 1/2 mill. — D'un noir peu brillant, arrière-corps en ovale subquadrangulaire, déprimé en dessus.

Tête couverte d'une ponctuation presque imperceptible, obsolète, avec des petites granulations et des points sétigères plus gros, disséminés çà et là. Labre légèrement sinué, ponctué en avant, presque lisse en arrière. Menton échancré assez profondément en avant, marqué de quelques points assez forts. Antennes grêles à articles allongés,

(1) Quelques individus de Tunisie paraissent constituer les passages de l'une à l'autre. Y aurait-il là des métis ? Cette supposition n'a rien de bien étrange, ces deux espèces étant extrêmement rapprochées l'une de l'autre et mêlées dans les mêmes localités.

(2) Cette description est faite sur un très grand nombre d'individus parmi lesquels l'exemplaire typique de Solier (collection de Marseul) et les types de la *P. Lucasi* Reiche (ma collection).

8e article plus court que le 7e et le 9e; celui-ci est élargi. Les premiers articles, le 1er et le 2e surtout, ont une teinte brunâtre plus ou moins claire, quelquefois rougeâtre.

Pronotum transversal, convexe, assez fortement arrondi latéralement, ayant le bord antérieur légèrement trisinué, concave en avant, en raison de l'avancement des angles antérieurs qui paraissent terminés en pointe légèrement projetée en dehors. Angles postérieurs peu indiqués, obtus. Toute la surface du pronotum en dessus est couverte de granulations un peu plus écartées au milieu, où se trouve un espace longitudinal étroit, dépourvu de granulations et portant, presque toujours, les vestiges d'une carène longitudinale : sur les côtés du pronotum existent des traces d'une pubescence couchée, plus ou moins conservée.

Ecusson variable ; en général, très petit, et à bord postérieur légèrement relevé.

Elytres débordant à peine, à la base, la base du pronotum ; épaules assez marquées, bords latéraux subparallèles, rentrant assez brusquement postérieurement, ce qui donne à l'arrière-corps une forme subquadrangulaire. Celui-ci est déprimé en dessus. La suture et les trois côtes internes un peu élevées en arrière. La première côte dorsale est formée en avant par des crénelures ou des granulations allongées, placées, quelquefois, sur une carène fine, oblitérée; en arrière, cette côte est nettement crénelée; elle se termine isolément par quelques granulations espacées. La deuxième côte dorsale commence, un peu plus loin de la base, par des granulations séparées et non placées sur une carène; elle est crénelée et saillante dans la deuxième moitié de l'élytre, et se termine avant la première dorsale, dont elle tend à se rapprocher. La côte latérale commence très près de la base, qu'elle atteint, quelquefois, par quelques granulations; puis elle devient crénelée, saillante, et se rapproche sensiblement, à son extrémité, de la côte marginale, à laquelle elle est rarement réunie, et seulement par quelques granulations espacées. Côte marginale, finement, crénelée dans toute son étendue, saillante. Les intervalles sont couverts de tubercules, très variables dans leur disposition, dans les différentes variétés, quelquefois entremêlés de très petites granules, assez rarement disposés en séries longitudinales. Les intervalles sont légèrement pubescents en arrière. Les flancs des élytres présentent, également, une pubescence plus ou moins conservée et sont parsemés de petites granulations écartées.

Abdomen granuleux.

Les tibias antérieurs sont d'une largeur très variable, suivant les individus. Peu dilatés à leur extrémité dans le type de la *granulata* Sol., où la dent terminale externe paraît avoir été usée, ils le sont beaucoup plus dans les types de la *P. Lucasi*. Tibias intermédiaires assez profondément canaliculés sur la face dorsale. Les tibias postérieurs le sont également, mais la cannelure est plus large et moins profonde. Quatre tarses postérieurs comprimés, ciliés chez les individus frais, de poils assez longs, raides, réunis en touffes sur le bord inférieur. Ces poils sont en général usés et raccourcis par le frottement et manquent souvent presque complétement.

Les types de la *P. Lucasi* Reiche ne se distinguent du type de la *P. granulata* que par les granulations des intervalles plus grosses et plus écartées. Rien au reste de plus variable que la granulation des intervalles dans cette espèce. Nous en avons vu un exemplaire provenant du Mzab et où la granulation se réduit à une rangée linéaire de fortes granulations, au milieu de l'intervalle.

La variété *intertuberculata* Luc., dont l'exemplaire typique fait aujourd'hui partie de la collection Sédillot, est remarquable par sa petite taille, la forme courte et ramassée de l'arrière corps, et par les granulations des intervalles légèrement réunies en séries obliques dans la première moitié de l'élytre, disposées postérieurement en une seule série longitudinale placée au milieu de l'intervalle. Elle provient de Guaiardia, et non de Guyata (?) comme le porte, sans doute par erreur, la description de M. Lucas.

Nous n'avons jamais vu que le seul individu typique, mais nous rapportons à cette même variété deux exemplaires faisant partie de notre collection et provenant l'un, de Bou-Saada, l'autre, d'Algérie méridionale, d'où il a été rapporté par M. Letourneux. Dans ces deux individus, de même forme que la variété *intertuberculata,* la granulation des élytres est forte, rare, et disposée en série longitudinale régulière, au milieu des intervalles, et surtout dans le 2e intervalle, pour le premier individu, dans le 1er, pour le second.

La variété *Doumeti,* que nous avions considérée comme une espèce particulière, se distingue par la forme plus arrondie de l'arrière-corps par les granulations petites et régulièrement espacées des intervalles. L'exemplaire typique est couvert d'une pubescence gris-jaunâtre, très épaisse et feutrée, semblable à celle de la *P. sericea Ol.* D'autres exemplaires de cette même variété, provenant de la même localité, Gafsa (Tunisie), n'en présentent que des vestiges, en arrière et latéralement.

M. R. Oberthur a pris en assez grande quantité, entre Bou-Saada et Biskra, des individus de cette espèce qui sont souvent de grande taille et dont les granulations élytrales sont de moyenne grosseur et espacées régulièrement.

En résumé, cette espèce, bien que très variable, est assez facilement reconnaissable à la granulation qui recouvre presque également toute la superficie du pronotum, et qui laisse, au milieu du disque, un espace longitudinal lisse, souvent caréné. Elle se distingue de la *P. papulenta,* dont M. Reiche l'avait rapprochée, par la ciliation plus courte des tarses postérieurs, par la forme quadrangulaire, plus élargie en arrière, par la déclivité plus brusque de ses élytres en arrière, par ses granulations moins fortes, moins hémisphériques, moins saillantes, etc.

Patrie : *Algérie :* (Province de Constantine, Bou Saada, Biskra, Mzab) ; *Tunisie :* (Gafsa).

Types : Coll. de Marseul, (*granulata*) ; coll. Sedillot, (*intertuberculata*) ; coll. Reiche, *nunc* Sénac (*Lucasi*) ; ma collection, (*Doumeti*).

35. **P. papulenta** Reiche. Ann. Fr. 1861. p. 88.

Diagnose (1). — *Nigra, suborbicularis, depressa, omnino griseo-tomentosa. Caput sublæve, ante lateraliterque punctato-granulatum. Antennæ graciles, elongatæ. Pronotum ubique granulatum, carina media obsoleta longitudinaliter notatum. Elytra ad humeros antice paululum protracta, hemisphericis dispunctisque, ante majoribus, papulis notata. Costæ prominentes ; dorsales ambo antice granulatæ, retrorsum denticulatæ. Interstitia laxe papulis, seriatim sæpe longitudinaliter instructis, notata. Abdomen indumento aurato leviter vestitum, sat dense punctato-granulatum. Tibiæ anticæ valido extus dente terminatæ ; intermediæ dorso canaliculatæ, posticæ, depressæ, Tarsi quatuor postici longis suberectisque pilis, supra ciliati, infernis pilis longis, penicillatis.*

Description : Long. 17-22 mill. ; larg. 11-12 mill. — En ovale élargi, arrondi latéralement, et paraissant plus aplatie en dessus qu'elle ne l'est en réalité ; — entièrement revêtue d'une pubescence grise, sur laquelle tranchent, en noir, des granulations papuleuses hémisphériques, assez fortes, surtout en avant.

Tête lisse au milieu, ou présentant seulement quelques petites granulations disséminées, plus nettes, plus constantes et plus nombreuses sur les côtés. Elle est étroitement ponctuée en avant, au milieu ; plus largement sur les côtés, au devant des fossettes ante-oculaires qui sont comblées par une pubescence épaisse d'un jaune doré. Labre très légèrement et largement sinué au milieu, couvert, excepté tout à fait en arrière, de points confluents, d'autant plus fins qu'on s'éloigne du bord antérieur. Celui-ci est cilié de poils jaunes dorés. Antennes assez grêles, dépassant la base du pronotum, à articles cylindro-coniques : le 8e article est plus court que le 7e, presque aussi long que le 9e, qui est élargi à son extrémité. Palpes maxillaires d'un brun presque noir.

Pronotum à peine deux fois plus large que long, fortement con-

(1) M. Reiche n'a donné ni diagnose ni description proprement dite. Il indique seulement les différences de cette espèce avec sa *P. Lucasi* (*granulata* Sol.), à laquelle il est tenté de la réunir, à titre de variété.

vexe, à bords latéraux fortement arrondis, ayant le sommet de leur courbe en arrière du milieu de la longueur. Angles antérieurs assez nettement prolongés en avant, et un peu en dehors. Angles postérieurs à peine marqués, obtus, presque arrondis. Toute la surface du pronotum est couverte de granulations assez fortes, un peu moins serrées sur le milieu, où se voit habituellement un espace lisse, marqué, presque toujours, d'une légère carène longitudinale médiane, rarement remplacée par un sillon obsolète.

Le bord postérieur de l'écusson est à peine curviligne.

Elytres débordant assez fortement la base du pronotum de chaque côté; épaules légèrement avancées, rappelant un peu la disposition qui existe dans le sous-genr *Amblyptera* : de là, elles s'arrondissent régulièrement pour atteindre leur plus grande largeur au milieu de leur longueur, et se rétrécissent fortement en arrière. La face dorsale est assez progressivement déclive en arrière, aplatie légèrement en avant dans le premier tiers, mais à un degré moindre qu'on ne le croirait. Strie marginale crénelée, à crénelures un peu plus distinctes en avant et en arrière. Côte latérale commençant à la base par quelques tubercules triangulaires plus séparés que dans le reste de son trajet. Tout à fait en arrière, ces tubercules triangulaires se redressent au lieu d'être dirigés en arrière par leur sommet. Cette côte se termine au voisinage de la terminaison de la côte marginale, qu'elle atteint quelquefois ; plus souvent encore elle se réunit à la première côte dorsale. Les deux côtes dorsales commencent, à la base même, par des granulations arrondies, mousses, séparées, saillantes, qui conservent ces caractères dans la première moitié au moins de l'élytre et deviennent confluentes et légèrement triangulaires dans la seconde moitié, où elles se rapprochent pour former une côte épaisse, crénelée, saillante. La deuxième côte dorsale se termine isolément ou quelquefois en rejoignant la première, qui est toujours plus longue. Suture élevée, lisse en avant, légèrement crénelée postérieurement. Intervalles des côtes densément couverts d'une pubescence épaisse, d'un jaune grisâtre, formée de petits poils couchés, entremêlés : sur ce fond se détachent, nettement, en noir brillant, des papules hémisphériques, toujours séparées, plus grosses en avant, plus ou moins nombreuses, suivant les individus, placées le plus souvent en séries longitudinales, quelquefois très régulières dans la seconde moitié de l'élytre. Entremêlés à ces grosses papules, se voient de tous petits granules arrondis, disséminés çà et là. Flancs des élytres finement pubescents avec quelques petites granulations très écartées, souvent très rares en avant.

Abdomen revêtu d'une fine pubescence d'un jaune doré, densément et finement granulé.

Tibias antérieurs, élargis à leur extrémité, armés en dehors d'un prolongement dentiforme prononcé. Tibias intermédiaires profondément canaliculés sur leur face dorsale. Pour les tibias postérieurs, cette face est déprimée, à peine creusée,

Quatre tarses postérieurs comprimés, ciliés de poils longs, quelquefois légèrement pénicillés en dessus, et de poils longs, mous, toujours pénicillés en dessous.

Patrie : *Algérie :* Bou-Saada, le Kreider, très commun (Bedel et Martin). Nous ne connaissons pas d'exemplaires provenant de Tunisie. — Types : Coll. Reiche (nunc Sénac).

Cette espèce diffère de la *P. Lucasi* Reiche (*granulata* Sol.) par les caractères suivants : La forme suborbiculaire bien plus atténuée en arrière, la déclivité bien moins brusque en arrière de son arrière corps, la granulation différente des élytres, composée, en avant surtout, de papules hémisphériques ; côtes dorsales bien nettes jusqu'à la base des élytres et le terminant différemment ; longueur des antennes plus grande, pubescence conservée ; ciliation des tarses plus longue et plus fine, lorsqu'elle n'est pas usée, etc., etc.

36. **P. Prophetei** n. sp. (Chvr. in coll.)

Diagnose. — *Nigra, nitidula, oblongo-ovata, convexa, postice subpubescens. Caput vertice sublævigatum, postice minutissime punctulatum, antice rugoso-punctatum. Antennæ breves, crassæ. Prothorax transversalis, post mediam partem latior, ubique, sed in disco rarius, granulatus. Elytra vix dorso planata, ovata, postice attenuata, granulationibus elevatis, transversim junctis, ubique tecta. Costæ quatuor granulatæ, parum conspicuæ. postice subjunctæ. Elytrorum pars reflexa, levissime rugata, granulis raris, minutis, aciculatis interjectis. Abdomen subtus granulatum aut granulato rugosum, interjectis punctis modo minutissimis, modo majoribus. Tibiæ anticæ dente valido extus terminatæ, tibiæ intermediæ profunde canaliculatæ, posteriores autem dorso valde deplanatæ, Tarsi quatuor posteriores compressi, pilis rigidis retro-recumbentibus, supraque longioribus, ciliati.*

Description : Long. 18-20 mill.; larg. 10-11 mill. — D'un noir brillant, en ovale allongé, à peine déprimée en dessus.

Tête grande, très saillante sur le vertex, qui est presque lisse, avec des points serrés d'une finesse extrême, quelquefois plus appréciables tout à fait en arrière, au voisinage immédiat du thorax. Les parties antérieure et latérales de la tête sont plus ou moins grossièrement ponctuées, et cette ponctuation s'étend quelquefois sur presque toute la tête. Saillie inter-antennaire transversale, souvent bien marquée, manquant quelquefois. Antennes courtes, atteignant tout au plus la base du pronotum, relativement assez épaisses, à articles 4-5-6 épais, un peu plus longs que larges. L'article 8 ne l'est plus qu'à peine, le 9e et le 10e transversaux. Le 11e est brunâtre, intimement englobé par le 10e. Dernier article des palpes rougeâtre à l'extrémité.

Pronotum transversal, plus de deux fois plus large que long, avec sa plus grande largeur en arrière du milieu de la longueur. Bord antérieur à peine trisinué, à angles antérieurs peu saillants, cilié d'une bordure fauve. Bords latéraux fortement convexes, rejoignant très obliquement en arrière le bord postérieur qui est légèrement trisinué, et notablement plus étroit que l'antérieur. Angles postérieurs peu ou point marqués, arrondis. Le pronotum est couvert de granulations assez fortes et assez serrées, excepté sur le disque où elles sont espacées, entremêlées de rides et d'inégalités. Il existe souvent une forte dépression transversale au milieu du disque ; et les traces d'un sillon longitudinal médian forment, lorsqu'elles existent, une sorte de croix, avec le sillon transversal.

Ecusson petit, en losange transversal.

Elytres à peine plus larges à la base que la base du pronotum ; à partir de l'épaule, elles s'arrondissent régulièrement et s'atténuent plus fortement en arrière. Elles sont peu déprimées sur le dos. Leur granulation est formée de gros tubercules arrondis, subhémisphériques plus ou moins réunis transversalement, de manière à former des bourrelets irréguliers. Ces granulations sont plus petites en arrière et dans le quatrième intervalle; dans le 3e elles sont souvent entremêlées de quelques petites granules qui semblent surajoutés. Les côtes dorsales, peu distinctes des granulations des intervalles, au premier coup d'œil, sont formées d'une série de grosses granulations, plus écartées en avant, et qui se confondent souvent avec les séries transversales ou obliques formées par les granulations des intervalles. La côte latérale est formée de ces mêmes granulations, mais elle est plus distincte que les côtes dorsales. La côte marginale, plus étroite que la latérale, est formée de crénelures serrées. La terminaison des côtes se fait, ou tend à se faire, de la manière suivante : la première côte reçoit d'abord la terminaison de la 2e, puis se réunit à la côte latérale qui rejoint la côte marginale, un peu avant l'extrémité de l'élytre. Les parties réfléchies des élytres sont parsemées de petits tubercules triangulaires, écartés, entremêlés de rides fines et comme effacées. Les épipleures sont bordées par deux bords parallèles qui se continuent derrière l'extrémité caudale avec les bords des épipleures du côté opposé.

Dessous de l'abdomen à sculpture très variable. Tantôt il est finement granulé et ponctué, tantôt les points deviennent beaucoup plus marqués, tantôt la granulation paraît subsister seule, etc., etc.

Tibias fortement dilatés extérieurement à leur extrémité, en une dent très robuste, quelquefois aiguë ou tranchante. Tibias intermédiaires fortement creusés en gouttière sur le dos. Le dos des tibias postérieurs l'est également, mais moins profondément. Les pattes sont couvertes de granulations très saillantes. Quatre tarses postérieurs comprimés, ciliés de poils raides, couchés, plus longs, en dessus qu'en dessous, où ils sont souvent usés, et paraissent avoir été pénicillés.

Patrie : Algérie (Tiaret). Je n'en connais pas qui proviennent d'une autre localité (1). Elle a été rapportée, en certain nombre, par M. Prophète et portait, dans la collection de M. Chevrolat, le nom que je lui ai conservé.

La forme de l'arrière-corps et celle du prothorax, la configuration des antennes, la granulation des côtes qui sont bien moins distinctes à l'œil nu, etc., etc., ne permettent pas de la confondre avec la *P. granulata* Sol., dont elle se rapproche.

37. **P. cribripennis** Sol. Ann. Fr. 1836. p. 137.
Syn. *P. corpulenta* (Dej.) — (ex-Baudi. — Mus. Turin.)

Diagnose Sol. — *Nigra, lata, supraque valde depressa. Prothorace dorso lateribus tuberculis magnis aciculatis, medioque parvis laxisque. Elytris tuberculis magnis valde approximatis, prominentibus, obtusisque seriebus duabus dorsalibus vix distinctis. Costis marginali lateralique prominentibus, crenatis. Pedibus antennisque crassis : tibiis anticis valde triangularibus. Tarsis quatuor posticis compressis, hispidis, ciliis infernis penicillatis.*

Description : Long. 22-26 mill.; larg. 14-15 1/2. — Noire, peu brillante, aplatie en dessus, atténuée en avant et surtout en arrière.

Tête finement ponctuée ou granulée, en arrière, présentant des points plus ou moins serrés, d'autant plus forts qu'ils se rapprochent davantage du bord antérieur, et des granules sur les côtés ; des points ou des granulations sort un cil noir, couché. Labre étroit, très peu sinué en avant, où il est cilié de fauve, plus ou moins ponctué. Menton habituellement peu profondément sinué en avant, ponctué plus ou moins; quelquefois les points y sont remplacés par des granulations. Antennes épaisses, hispides, dépassant légèrement, en arrière, la base du pronotum. Articles 4-7 presqu'égaux. Le 8e et le 9e un peu plus courts, ce dernier légèrement élargi à l'extrémité; 10e transverse ; dernier article des palpes maxillaires rougeâtre.

Pronotum deux fois, environ, aussi large que long, élargi en arrière. Les bords latéraux subanguleusement arrondis, et le sommet de leur courbe est placé en arrière du milieu de la longueur du pronotum ; disque à peu près lisse au milieu, avec quelques granulosités très

(1) Un exemplaire de la collection Javet, donné par M. Prophète, portait une étiquette indiquant Alger comme patrie. Cette localité nous semble très douteuse.

petites; la partie lisse est entourée, circulairement, de granulations fortes et confluentes; en arrière et en avant existe sur le dos du pronotum une dépression transversale plus ou moins marquée. Carène longitudinale obsolète, et, plus rarement, traces d'un sillon, peu marqué, sur la ligne médiane. Bord antérieur trisinué; angles antérieurs très courts.

Ecusson en T renversé, court, avec sa branche postérieure plus ou moins relevée.

Elytres un peu plus larges, à la base, que la base du pronotum, arrondies régulièrement, fortement atténuées en arrière ; la plus grande largeur de l'arrière-corps est située au milieu de sa longueur. Chez les individus non dépilés, le tiers postérieur de l'arrière-corps est couvert d'une pubescence grise, fine et serrée, qui recouvre probablement l'élytre tout entière à l'éclosion de l'insecte. Les élytres sont couvertes de tubercules obtus, pressés, et qui se réunissent en séries transverses, obliques; entre ces tubercules sont disséminés de petits granules saillants. Les tubercules sont à peine plus petits dans le quatrième intervalle et dans la deuxième moitié des élytres où ils sont isolés (1), ainsi que sur les flancs des élytres. Les côtes dorsales se confondent, presqu'absolument, avec les tubercules des intervalles, dans la première moitié des élytres ; elles sont un peu plus marquées dans la moitié postérieure, surtout la deuxième dorsale qui se termine notablement avant la première. La côte latérale commence à une petite distance de la base ; formée de tubercules devenant franchement triangulaires vers la moitié de l'élytre, et saillants dans toute son étendue, elle se termine en se réunissant, ou en tendant à se réunir, à la côte marginale ; celle-ci est crénelée, médiocrement et également saillante dans tout son parcours.

Abdomen brillant, à petites granulations écartées, entremêlées parfois de points plus ou moins forts.

Tibias antérieurs se terminant, le plus souvent, en dehors, par une dent épaisse et large, de forme très variable. Tibias intermédiaires assez fortement creusés sur le dos ; tibias postérieurs peu profondément canaliculés. Tarses des quatre pattes postérieures comprimés et ciliés de poils raides assez courts, formant plutôt des brosses que des pinceaux le long du bord inférieur.

Patrie : Algérie : La Calle, Bone ; Tunisie. — Types : Coll. de Marseul.

Elle est parfois confondue avec la *P. depressa* Sol.

---

(1) Nous venons de décrire la granulation des élytres sous sa forme la plus ordinaire. Elle varie infiniment. Il y a des individus, par exemple, chez lesquels les granulations sont arrondies et presque partout isolées.

38. **P. depressa** Sol. Ann. Fr. 1836. p. 116.
Syn. Var. *papulosa* Sol. Ann. Fr. 1836. p. 113.
Var. *subquadrata* Sol. (1) Ann. Fr. 1836. p. 113.

DIAGNOSE Sol. — *Nigra, lata supraque valde depressa. Prothorace dorso tuberculato. Elytris tuberculis plus minusve junctis, triangularibus, depressis, postice aciculatis, medio subobliteratis, tectis. Seriebus duabus dorsalibus vix distinctis; costis laterali marginalique prominentibus, serratis. Tibiis anticis latis. Antennis pedibusque crassis. Tarsis quatuor posticis compressis, hispidis, ciliis infernis penicillatis.*

DESCRIPTION : Long. 18-25 1/2 mill.; larg. 12-16 mill. — Noire, brillante. Arrière-corps en ovale court, à peu près également élargi en arrière et en avant, fortement déprimé sur le dos et brusquement déclive en arrière.

Tête presque lisse au milieu où elle présente rarement une ponctuation fine ou des granulations de petite taille, ponctuée, plus ou moins fortement, en avant, granulée sur les côtés et surtout dans les fossettes ante-oculaires. Entre les antennes existe, très souvent, une dépression médiane transversale. Labre cilié, en avant, de poils jaunes, légèrement et largement sinué en avant, couvert, surtout en avant, de petites granulations sétigères, disposées en séries transversales. Menton assez profondément échancré en avant, médiocrement ponctué. Antennes assez épaisses, dépassant un peu en arrière le bord postérieur du pronotum, à articles courts, épais. Les articles 4-8 diminuant, très légèrement, de longueur, subégaux, le 8e plus petit ainsi que le 9e, celui-ci est conique, aussi large à l'extrémité que long. 10e transversal, cupuliforme.

Pronotum court, nettement transversal ; bord antérieur fortement trisinué ; angles antérieurs projetés en avant et nullement en dehors. Bord postérieur généralement un peu plus large que le bord antérieur ; angles postérieurs très peu marqués, obtus. Bords latéraux un peu plus fortement arrondis en avant, ayant habituellement le sommet de leur courbe en arrière du milieu de leur longueur. Le dos du pronotum, fortement convexe, est presque toujours le siège d'une dépression transversale au milieu et porte très rarement les vestiges d'un sillon ou d'une carène fine, longitudinale. Le milieu du disque présente quelques granulations trè sfines, disséminées. Les côtés, au contraire, sont parsemés de granulations arrondies, assez grosses, écartées, très rarement confluentes.

Ecusson en T renversé, petit, très variable ; la branche postérieure

(1) Nous ne pouvons donner à la *P. depressa* Sol. le nom de *subquadrata*, ce nom étant antérieurement employé dans le même genre.

est parfois marquée d'un sillon transversal, ou présente une ancoche sur le milieu du bord postérieur.

Elytres pas plus larges à la base que la base du pronotum, à épaules élargies. Elles s'arrondissent régulièrement, forment un arrière-corps en ovale large, ayant sa plus grande largeur un peu avant le milieu de sa longueur. Le dessus de l'arrière-corps est fortement aplati, brusquement déclive en arrière. Côte marginale crénelée, saillante, surtout à l'épaule où elle est le plus souvent épaissie et élargie ; elle se termine isolément en arrière. La côte latérale, formée de crénelures, un peu plus écartées en avant, est saillante dans toute son étendue, elle se termine isolément, et très rarement elle reçoit, avant sa terminaison, l'extrémité de la première côte dorsale; deuxième côte dorsale peu distincte, dans sa partie antérieure, des granulations des intervalles; elle est formée en avant de granulations allongées ou de crénelures écartées, se rapprochant pour former une côte saillante, dans sa partie postérieure ; cette côte se termine isolément, et assez brusquement, en arrière, avant les autres. La première côte dorsale crénelée, presque lisse en avant, est distincte dans toute son étendue. Les intervalles sont couverts de granulations fortes, souvent réunies en séries transversales obliques, un peu plus petites et plus isolées en arrière et dans le quatrième intervalle, quelquefois un peu effacées dans le premier intervalle. Les flancs des élytres sont couverts de petites granulations triangulaires, écartées, un peu plus rares en avant.

Abdomen finement granulé, imperceptiblement chagriné, brillant.

Tibias antérieurs assez grêles, élargis à l'extrémité, à dent externe allongée aiguë. Tibias intermédiaires profondément canaliculés; tibias postérieurs déprimés, largement et peu profondément évidés sur la face dorsale. Quatre tarses postérieurs comprimés latéralement, longuement ciliés de poils raides couchés, isolés en dessus, réunis en touffes sur le bord inférieur.

Patrie : *Algérie:* Mostaganem, d'où elle a été rapportée, en grand nombre, par M. Grandin. — Oran. — Types : Coll. de Marseul.

Cette espèce ressemble à première vue à la *P. cribripennis*, Sol. Elle s'en distingue facilement par sa forme moins atténuée en arrière, par la déclivité beaucoup plus brusque des élytres postérieurement, par la longueur moindre du pronotum, par la granulation des élytres beaucoup moins serrée, réunie transversalement, par ses côtes élytrales plus distinctes, par la saillie de la côte marginale à l'épaule, etc., etc. — La forme différente de l'arrière-corps, la différence de la granulation du pronotum, la structure bien dissemblables des antennes, etc., etc., ne permettent pas de la confondre avec la *P. Granulata*, avec laquelle elle a quelques rapports.

Nous n'hésitons pas à réunir à la *P. depressa*, à titre de variété, la *P. subquadrata* Sol., dont nous n'avons pu adopter le nom, déjà employé par Sturm. Cette variété, dont nous avons examiné les types (Coll. de Marseul), n'est pas spécifiquement différente de la *P. depressa*, Sol. La série nombreuse des individus de cette dernière espèce provenant de Mostaganem (ancienne coll. Grandin, aujourd'hui Sédillot), contient un certain nombre d'individus qu'il est impossible de séparer de la véritable *depressa* et des types de Solier, auxquels elle se relie par des passages. Chez ces individus types, les tarses sont longuement ciliés. Or c'est là le caractère principal invoqué par Solier, pour séparer sa *P. subquadrata*, qui a presque toujours les tarses brièvement ciliés.

Les autres différences qui caractérisent la variété *subquadrata* sont à peine marquées. Nous noterons la forme un peu moins élargie des élytres en avant, les tubercules des intervalles des élytres plus petits, plus égaux en taille dans la 4e intervalle et dans les 3 premiers, l'existence plus fréquente de points enfoncés, peu marqués, sur la tête.

La var. *papulosa* (Sol.), dont nous avons également vu le type, n'est autre qu'une *P. depressa* dont les cils des tarses ont disparu.

39. **P. Servillei** Sol. Ann. Fr. 1836. p. 112.

Diagnose Sol. — *Nigra, vix ovalis, lata supraque depressa. Capite sublævigato. Prothorace dorso lateribus tuberculis raris, medioque lævigato. Elytra singula costis quatuor crenulatis, postice abbreviatis : dorsalibus duobus ante obliteratis. Interjectis tuberculis primario obliteratis. Ventre subnitido, vix granulato. Tarsis quatuor posticis hand ciliatis, articulo primo valde compresso.*

Description : Long. 23-27 mill.; larg. 13-16 1/2 mill. — Noire, brillante en dessus et en dessous, arrière-corps suborbiculaire, très déprimé en dessus.

Tête lisse, brillante, avec quelques points disséminés en avant et quelques granulations latérales, surtout dans les fossettes ante-oculaires qui sont parfois rugueuses. On voit souvent deux fossettes arrondies sur le vertex, un peu plus près du milieu que du bord interne des yeux. Labre quadrangulaire à sinuosité antérieure variable, assez densément ponctué. Menton assez fortement échancré en avant, marqué de gros points peu nombreux. Antennes robustes, hispides, atteignant en arrière le bord postérieur du pronotum. Articles 4-8 diminuant légèrement de longueur; le 9e est à peine plus long que le 8e, mais il est un peu plus large à son extrémité qui est lisse, brunâtre; 10e très court, cupuliforme.

Pronotum deux fois, environ, aussi large que long; bord antérieur trisinué, à angles antérieurs modérément saillants en avant, et à peine en dehors; bords latéraux arrondis ; le sommet de leur courbe est placé en arrière du milieu de leur longueur. Angles postérieurs obtus.

légèrement indiqués, précédés par une légère sinuosité du bord latéral, et souvent par une petite ancoche dans le rebord même. Dos du pronotum fortement convexe dans tous les sens, brillant, lisse au milieu, où il est souvent marqué d'un enfoncement longitudinal, séparé lui-même en deux parties par un repli transversal. Les côtés du pronotum sont parsemés de granulations assez fortes, espacées très inégalement.

Ecusson petit, enfoncé, en T renversé, curviligne postérieurement.

Elytres notablement plus larges, à la base, que la base du pronotum formant ensemble un arrière-corps subquadrangulaire, presqu'orbiculaire, fortement aplati en dessus, assez brusquement déclive en arrière et latéralement. Première côte dorsale oblitérée dans sa moitié antérieure où elle est formée par une carène effacée, quelquefois divisée en crénelures peu apparentes, très allongées; postérieurement, elle est assez saillante, mince et formée de crénelures dentelées, plus ou moins rapprochées. Elle se termine isolément près de l'extrémité. La deuxième dorsale formée, en avant, de granulations séparées, est crénelée postérieurement ou elle est au moins aussi saillante que la première, avant laquelle elle se termine, souvent brusquement. Côtes latérale et marginale crénelées, toutes deux, et se réunissant fréquemment en avant et en arrière. Les crénelures de la côte latérale sont plus fortes, et cette côte est placée généralement un peu plus loin de la deuxième dorsale que de la marginale qu'elle surplombe en raison de la déclivité latérale des élytres. La granulation des intervalles est toujours peu saillante, comme effacée, surtout lorsqu'on l'examine dans le premier intervalle et dans la moitié antérieure du deuxième. Elle est formée de granulations souvent réunies par séries transversales obliques de trois ou quatre ; elles sont beaucoup plus petites en arrière et dans le quatrième intervalle où elles sont isolées, entremêlées de rides transversales, ainsi que dans le troisième intervalle. Parties réfléchies des élytres lisses, couvertes de petites saillies tuberculeuses très écartées et séparées par des rides marquées.

Sculpture de l'abdomen très variable : tantôt il est lisse avec quelques petites granulations et une ponctuation presque imperceptible ; tantôt il est finement rugueux.

Tibias antérieurs robustes, terminés extérieurement par une dent épaisse, et prolongée. Tibias intermédiaires largement et profondément canaliculés sur toute leur face supérieure. Tibias postérieurs déprimés, larges et très granuleux. Quatre tarses postérieurs à articles fortement comprimés. Ces articles sont le plus souvent ciliés de poils courts, ou glabres. Cependant, il est très probable que chez les individus très frais les tarses sont ciliés de poils longs et raides couchés en dessus, réunis en touffes sur le bord inférieur. Cette opinion est fondée sur l'étude d'un des types de Solier, chez lequel la ciliation des tarses est telle que nous venons de la décrire. Deux individus typiques font partie de la collection de Marseul.

Patrie : Algérie. — Un des individus typiques est indiqué de Tripoli. (?)

Cette espèce se rapproche plus de la *P. depressa* que de la variété *subquadrata* Sol., à laquelle elle a été réunie, probablement à cause de l'absence de la ciliation longue des tarses. Or nous avons donné le motif qui rend pour nous ce caractère distinctif entre les *P. depressa* et *Servillei* plus que douteux.

La *P. Servillei* se distingue de la *P. depressa* par la forme plus large, plus orbiculaire de son arrière-corps, par sa tête lisse, par la granulation différente des élytres, et par l'oblitération de cette granulation dans le premier intervalle, par son pronotum relativement un peu plus long et moins large, avec ses angles postérieurs un peu plus marqués. Ces deux espèces sont d'ailleurs très voisines.

40. **P. arenacea** Sol. Ann. Fr. 1836. p. 114.

Diagnose Sol. — *Nigra, subnitidula, parallela supraque depressa, capite tuberculato hispido. Prothorace postice valde angustato, dorso tuberculato, aciculato, tuberculis medio minoribus. Elytris tuberculis minutis, triangularibus aciculatisque tectis; singula costis quatuor tenuiter ac dense crenulatis. Sutura lævigata, postice elevata, tuberculato-aciculata. Tarsis quatuor posticis longe hispidis, ciliis infernis penicillatis. Tibiis anticis latis, antennisque crassis.*

Description : Long. 20-27 mill.; larg. 12-16 1/2 mill. — D'un noir peu brillant, à arrrière-corps subquadrangulaire, allongé, déprimé sur le dos.

Tête à ponctuation grossière et confluente en avant, plus écartée sur le vertex, avec quelques granulations sur les parties latérales. Labre rugueusement ponctué, un peu plus finement en arrière, à sinuosité antérieure très variable. Menton étroitement et peu profondément échancré, superficiellement ponctué. Antennes dépassant la base du pronotum : articles subcylindriques hispides; 4-8 sub-égaux; le 8e un peu plus court que les précédents et que le 9e, qui est légèrement élargi à l'extrémité; 10e petit, cupuliforme. Dernier article des palpes maxillaires brun, plus clair à l'extrémité.

Pronotum deux fois environ plus large que long, à bords antérieur et postérieur presque d'égale largeur, trisinués, bords latéraux fortement dilatés un peu en arrière du milieu de leur longueur, rentrant postérieurement, arrondis en avant. Angles antérieurs un peu saillants, surtout en dehors. Angles postérieurs obtus, plus marqués à cause d'une sinuosité presqu'anguleuse du rebord latéral. La base du pronotum paraît rétrécie en arrière, bien plus qu'elle ne l'est en réalité. Disque du pronotum portant, au milieu, un sillon longitudinal obsolète et deux dépressions transversales, l'une en avant, l'autre en arrière. Il est granulé partout, mais plus densément sur les côtés.

Ecusson petit, très court, en T renversé, à bord postérieur rectiligne.

Arrière-corps légèrement quadrangulaire, mais toujours assez fortement atténué en arrière, déprimé sur le dos, assez brusquement déclive, tout à fait en arrière.

Elytres couvertes de petites granulations diminuant de nombre et de grosseur en arrière, et entremêlées de granules plus petits. Première côte dorsale crénelée, presque lisse en avant où elle commence à une petite distance de la base, plus saillante dans la dernière moitié de l'élytre, où elle est formée par de petites crénelures plus ou moins rapprochées; elle se termine isolément. Deuxième côte dorsale constituée antérieurement par de petites granulations écartées qui se confondent presque avec les granulations des intervalles : en arrière, elle est constituée comme la première et raccourcie brusquement. Côte latérale commençant à la base par trois ou quatre petites granulations. Elle devient rapidement saillante, et elle est formée, dans toute son étendue, de granulations très rapprochées formant des crénelures. Elle se termine en se réunissant, ou en tendant à se réunir, à la côte marginale. Celle-ci est assez épaisse, crénelée et saillante dans toute son étendue. La saillie assez forte des côtes en arrière donne aux intervalles une assez grande profondeur au milieu. Flancs des élytres presque lisses.

Dessous de l'abdomen imperceptiblement ponctué, finement et densément granulé.

Tibias antérieurs fortement triangulaires à prolongement terminal externe fort et parfois assez aigu. Les quatre pattes postérieures sont longues. Le dos du tibia, dans les intermédiaires, est assez profondément canaliculé. Il l'est moins dans les tibias postérieurs qui sont légèrement cambrés en dedans.

Quatre tarses postérieurs dilatés, ciliés de poils longs, raides, fauves en dessus, où ils sont à moitié couchés, presque rouges et fortement pénicillés en dessous.

Patrie : Algérie (Oran); Tunisie (ex-Baudi). — Types : Coll. de Marseul.

Cette espèce est assez répandue dans les collections où elle est, habituellement, bien nommée.

41. **P. obsoleta** Sol. Ann. Fr. 1836. p. 104.
Syn. *P. grossa* (Desm.)

DIAGNOSE Sol.— *Nigra, oblonga. Prothorace dorso medio lævigato, lateribus tuberculato. Elytris tuberculis parvis, triangularibus, sparsis medio obliteratis, costisque quatuor denticulatis, dorsalibus ante obliteratis. Tarsis quatuor posticis compressis, haud longe ciliatis. Antennis subcrassis.*

Description : Long. 20-29 mill.; larg. 13-16 mill. — D'un noir légèrement brillant, à arrière-corps ovoïde, déprimé sur la partie moyenne du dos.

Tête avec les bourrelets ante-oculaires relevés et finement carénés. Milieu presque lisse, parsemé de points plus ou moins indiqués, écartés, et rarement de quelques granulations obsolètes. Les côtés sont plus grossièrement ponctués et granulés, ainsi que le bord antérieur; entre les antennes existe une dépression transversale, plus ou moins marquée. Labre rétréci en arrière, fortement ponctué, surtout extérieurement, rugueux, parfois granuleux. Menton peu profondément et largement échancré, souvent marqué d'un sillon médian superficiel qui s'étend jusqu'à la base. Antennes assez épaisses, dépassant, en arrière, la base du pronotum. Articles 1-8 hispides, articles 9 et 10 rougeâtres, brillants, ciliés ; 11ᵉ acuminé rougeâtre. Extrémité de l'avant-dernier et du dernier articles des palpes brune.

Pronotum transversal, frangé de fauve en avant et en arrière. Bord antérieur légèrement trisinué; angles antérieurs projetés en dehors. Bord postérieur un peu plus large que l'antérieur ; angles postérieurs peu marqués, précédés d'une faible sinuosité des bords latéraux; ceux-ci sont assez fortement arrondis; le maximum de largeur du pronotum au-delà du milieu. Dos largement lisse, à peine ponctué ; côtés couverts de granulations peu confluentes, s'avançant vers le milieu du pronotum, en avant et en arrière.

Ecusson court, bord postérieur droit, ou à peine curviligne.

Elytres en ovale régulier, assez convexes, déprimées sur le milieu du dos ; dans le premier intervalle, elles sont couvertes de très petites granulations, écartées, quelquefois entremêlées de petites rides transversales à peine appréciables. Ces granulations, oblitérées dans le premier, et même dans le deuxième intervalle, peuvent disparaître presque complètement jusque dans le troisième intervalle. Dans les deux intervalles externes, on remarque, le plus souvent, quelques granulations plus fortes en séries longitudinales irrégulières. Flancs des élytres à granulation fine et écartée. Première côte dorsale nulle en avant ou indiquée par une carène fine, effacée, lisse, ou marquée de quelques crénelures très allongées. Elle est mieux indiquée en arrière, où elle est parfois réduite à une série de quelques granulations. La deuxième dorsale manque quelquefois dans la première moitié de l'élytre, ou bien y est indiquée par quelques granulations, quelques crénelures, ou par une carène lisse, oblitérée ; en arrière, elle est généralement moins marquée que la première côte et raccourcie. Côte latérale distincte à partir de la base, granuleuse en avant, caréniforme postérieurement, où elle tend à se réunir à la côte marginale. Celle-ci, assez forte, formée de crénelures parfois un peu irrégulières dans le quart antérieur, est plus saillante en arrière. L'extrémité et les parties latérales des élytres sont, chez quelques individus, revêtues d'une pubescence grise conchée.

Abdomen finement granulé, rugueux, à pubescence grisâtre.

Tibias antérieurs terminés en dehors par un prolongement non dentiforme. Tibias intermédiaires profondément canaliculés sur leur face dorsale, qui est large, distinctement creusée dans les tibias postérieurs. Quatre tarses postérieurs garnis de cils, courts en général.

Cette espèce habite les terrains sablonneux.

Patrie : Algérie : Biskra, Ouargla, Géryville, Oran, Ed Djem, Le Kreider. — Tunisie : Kairouan. — Tripoli. — Types : Coll. de Marseul.

La *P. obsoleta* se distingue facilement de la *P. granulata* Sol. à laquelle Solier l'a comparée. Elle ressemble beaucoup plus aux individus tout à fait dépilés de l'espèce suivante.

42. **P. pilifera** Sén. Bull. Soc. Fr. 1884. n° 2. p. 12. (Nom inédit de M. Reiche in coll.)

Diagnose. — *Oblonga, subcylindrica, convexa, subnitida. Caput sparsim medio, densius, latera versus, granulatum, interjectis nonunquam punctis aliquot. Pronotum latum, lateraliter valde rotundatum medio parce perparvis, ad latera validis confertisque granulis notatum. Elytra convexa, medio subdepressa, lateraliter retroque valde devexa, et pilis erectis vestita. Costæ marginalis lateralisque serratæ. Dorsales ambo, ante evanescentes, postice, crenatæ; prima ante lævi, nonumquam crenulata. Interstitia granulis parvis, inæqualibus, sparsim irrorata. Tarsi quatuor postici subcompressi, breviter ciliati.*

Description : Long. 19-28 mill.; larg. 12-14 mill. — Oblongue, subparallèle, cylindrique, légèrement déprimée sur le milieu de l'arrière-corps, brusquement déclive en arrière et sur les côtés.

Tête présentant sur le milieu quelques granulations écartées, et rarement des points enfoncés ; elle est granuleuse sur les côtés, ponctuée assez finement en avant. Labre rétréci en arrière, déprimé ou creusé transversalement, plus ou moins ponctué en dessus, tronqué droit ou à peine sinué en avant, où il est cilié de poils d'un fauve doré. Menton ponctué, profondément échancré en avant. Antennes médiocrement épaisses, atteignant ou dépassant, en arrière, le bord antérieur des élytres ; 8e et 9e articles presque de même longueur, ce dernier un peu plus large à l'extrémité; 10e triangulaire, petit. Palpes maxillaires à dernier article tronqué, plus allongé ♂.

Pronotum large, court, fortement arrondi sur les côtés, avec sa plus grande largeur placée au milieu de sa longueur. Angles antérieurs courts, légèrement saillants en dehors ; angles postérieurs très effacés, arrondis ou à peine marqués. Milieu de la surface dorsale du pronotum presque lisse, marqué de petites granulations très espacées, un peu plus confluentes au voisinage du bord postérieur et surtout du bord antérieur. Au milieu existent, chez quelques individus, les vestiges d'une carène effacée ou presqu'effacée. Les granulations sont fortes et très confluentes sur les côtés.

Ecusson petit, en T renversé, légèrement curviligne en arrière.

Elytres à peine aussi larges, à la base, que la base du pronotum, elles s'arrondissent progressivement pour devenir subparallèles; très légèrement déprimées sur le disque, elles sont fortement déclives sur les côtés et en arrière, et couverte d'une granulation triangulaire, très variable, composée généralement de tubercules de deux tailles différentes. Ces granulations, ordinairement isolées, se réunissent parfois en séries transversales et entremêlées de rides; rarement, et toujours partiellement, on rencontre quelques-unes des granulations, les plus fortes, rangées en séries longitudinales. La côte marginale est finement crénelée, dans toute son étendue, en petites dents de scie. La côte latérale l'est également avec des dentelures plus fortes et plus écartées. Elle se termine au voisinage de la côte marginale, à laquelle elle se réunit assez rarement. La deuxième côte dorsale commence en avant par une série de granulations plus ou moins espacées et qui se confondent avec les granulations des intervalles, dans la deuxième moitié ces dentelures se rapprochent et deviennent triangulaires saillantes; cette côte se termine en arrière brusquement et bien avant les autres. La première côte dorsale manque, quelquefois, tout à fait dans la première moitié de l'élytre; le plus souvent elle est constituée, en avant, par une carène fine plus ou moins effacée, ou bien par de fines crénelures très allongées, linéaires; elle devient denticulée, saillante, dans la deuxième moitié et se termine, isolément, au voisinage de l'extrémité de l'élytre. Celle-ci est parfois couverte, tout à fait en arrière, d'une pubescence grisâtre couchée, assez dense. Enfin on voit dans la partie postérieure déclive de l'élytre, et sur les côtés, de nombreux poils fins, dressés, assez longs, mais qui disparaissent facilement, en partie, par le frottement. Les parties réfléchies des élytres sont parsemées de petites granulations plus écartées et plus petites que celles du quatrième intervalle.

L'abdomen est densément et finement granulé, avec les vestiges d'une pubescence fine, formée de petits poils jaunâtres.

Tibias antérieurs courts, robustes, terminés, extérieurement, par une dent forte. Tibias intermédiairs fortement canaliculés au-dessus, Les tibias postérieurs le sont moins profondément, mais plus largement. Quatre tarses postérieurs faiblement comprimés latéralement, ciliés de poils raides couchés et un peu plus longs en dessus, réunis, souvent, en touffes en dessous.

Patrie : Algérie méridionale (Bou-Saada, Biskra, Sahara); Tunisie (Kairouan, Gafsa). — Types : Coll. Sédillot, Bedel, la mienne, etc.

Cette espèce paraît être commune à Bou-Saada et à Gafsa. Elle n'est pas rare dans les collections où elle est souvent confondue avec la *P. obsoleta* Sol. Nous l'avons également trouvée dans plusieurs collections sous le nom de *granulata* Sol.

Lorsque cette espèce a conservé sa pubescence dressée, elle se reconnaît facilement. Les exemplaires tout à fait dépilés, et ils sont rares, ressemblent à la *P. obsoleta*. Ils s'en distinguent cependant avec un peu d'attention, par la forme du pronotum, toujours plus courte dans notre espèce et moins rétréci en arrière, par la conservation des granulations qui ne sont jamais oblitérées au même degré, par la saillie beaucoup plus forte des côtes en arrière, et par la manière dont elles sont constituées, par les tarses beaucoup moins comprimés latéralement et moins dilatés, par la déclivité plus brusque des élytres en arrière et latéralement, etc., etc.

43. **P. spinulosa** Klug. Symb. phys. II. n° 6. pl. 11. fig. 6.

Diagnose (1) Klug. — *P. nigra, thorace utrinque punctis, elytris lineis serralis quatuor, punctis que inter lineas elevatis.*

Habitat in Egypto.

Corpus magnum ovatum, nigrum. Caput punctis impressis, ad apicem majoribus, confluentibus, rugosum. Labrum truncatum impresso-punctatum, ferrugineo-ciliatum. Antennæ nigræ, nigropilosæ. Thorax dorso vix punctatus, lateribus punctatus, punctis elevatis, sparsis. Pectus abdomenque sparsim granulata, cinereopubescentia. Elytra lineis quatuor serratis, punctis que plurimis, minoribus sparsis, majoribus in series totidem quot sunt lineæ dispositis, elevatis. Pedes granulati subpilosi.

Description : Long. 21-24 mill.; larg. 10-13 mill. — Arrière-corps allongé, subcylindrique, légèrement déprimé sur les élytres, assez épais, d'un noir plus ou moins brillant.

Tête couverte de points fins et écartés, devenant plus gros en se rapprochant du bord antérieur, où ils sont rugueux et confluents; sur les côtés de la tête, ces points sont également plus confluents et se changent parfois en tubercules. Labre, rugueusement ponctué en avant, et latéralement lisse en arrière, cilié de poils épais d'un fauve doré. Menton peu densément et peu profondément ponctué, à échancrure antérieure anguleuse peu profonde. Antennes médiocrement épaisses; articles 4-8 sensiblement égaux; le 9e est un peu plus élargi au sommet, triangulaire. Tous les articles sont hérissés de poils d'un noir brunâtre; chez la plupart des individus, l'extrémité

(1) Nous donnons ici la description entière de Klug.

du 3e, le 4e et le 5e articles ont leur bord interne (antérieur) cilié de touffes de poils beaucoup plus longs.

Pronotum à peine deux fois plus large que long, très convexe transversalement; bord antérieur légèrement trisinué, à angles antérieurs non prolongés en avant, mais un peu saillants en dehors; bord postérieur presque rectiligne, un peu plus large. Bords latéraux arrondis en avant; à partir du milieu, ils deviennent presque rectilinéaires, rentrants et très légèrement concaves en dehors, pour gagner les angles postérieurs. Le maximum de largeur du pronotum est placé à l'extrémité postérieure du tiers antérieur; angles postérieurs, vus latéralement, nuls ou à peine indiqués. Disque large, lisse, presque mat, à peine ponctué; côtés marqués de tubercules aplatis, plus rares et plus écartés que de coutume.

Ecusson très variable à branche antérieure souvent cachée. La partie postérieure est fortement transversale, en général, et quelquefois concave en arrière, ce qui est tout à fait anormal dans le genre *Pimelia*.

A partir de l'épaule, les élytres s'arrondissent régulièrement. Leur plus grande largeur est placée un peu en arrière du milieu de leur longueur. Les deux côtes dorsales assez effacées en avant; la première est indiquée par une côte présentant en avant des crénelures ou quelques tubercules peu saillants et allongés. Elle devient saillante et formée de tubercules triangulaires, à sommet dirigé en arrière, dans la deuxième moitié de l'élytre, et se termine isolément ou en rejoignant, par quelques granulations, la côte latérale près de l'extrémité de l'élytre. Deuxième côte dorsale à granulations écartées en avant, saillante, et formée de denticules écartés postérieurement. Elle se termine isolément avant la première. Côte latérale commençant à une petite distance de la base, qu'elle atteint rarement. Elle est formée de crénelures écartées, devenant dentiformes dans la deuxième moitié, et se termine en tendant à se réunir à la côte marginale, après avoir été rejointe, ou au moment même où elle l'est, par les granulations qui terminent la première dorsale. La côte marginale, plus épaisse en avant, est formée de crénelures serrées se convertissant, en arrière, en petites dents dressées et saillantes. Les granulations des intervalles sont d'autant plus serrées qu'on s'avance de la suture au bord marginal; il y en a de deux espèces: les unes sont très petites, presque nulles dans le premier intervalle; les autres beaucoup plus fortes sont disposées surtout en séries longitudinales, beaucoup plus distinctes en arrière, où elles forment des séries uniques au milieu des intervalles. Dans les 2e et 3e intervalles, ces séries forment comme une côte supplémentaire dans la plus grande partie de l'élytre. Chez quelques individus, les fortes granulations persistent à peu près exclusivement. Les flancs élytraux dont le fond est marqué de petites inégalités sous forme de rides transversales, offrent, au contraire, presque exclusivement, de très petites granulations, et à peine quelques granulations plus fortes, arrondies.

L'abdomen est brillant, tantôt densément rugueux, tantôt marqué de petites granulosités écartées, placées sur un fond, à ponctuation extrêmement fine, mêlée à de petits sillons transversaux, à peine visibles.

Tibias antérieurs assez faiblement triangulaires, avec l'extrémité externe formant une saillie marquée. Tibias intermédiaires canaliculés sur le dos plus profondément que les tibias postérieurs. Tarses postérieurs et intermédiaires un peu comprimés latéralement, ciliés de poils assez courts, couchés en dessus, plus courts en dessous, où ils sont réunis en touffes et non pénicillés.

Patrie : Egypte. Cette espèce paraît être commune. Elle est assez souvent indiquée dans les collections sous le nom de *P. arabica* Kl. dont elle est facile à distinguer par l'absence de la pubescence fauve et dressée sur les élytres.

44. **P. arabica** Klug. Symb. phys. II. n° 18. pl. 12. fig. 5.

Diagnose et Description Klug. — *P. nigra, thorace utrinque granulato, elytris scabris, pilosis, denticulato-quadrilineatis.*

Patria : Arabia deserta.

Oblongo-ovata, nigra. Caput antice punctatum. Labrum subrugosum, ferrugineo-ciliatum. Antennæ ferrugineo-pilosæ. Thorax lateribus granulatus, griseo-pubescens. Pectus abdomenque punctata, ferrugineo-subpilosa. Elytra tuberculata, quadrilineata, subpilosa, tuberculis numerosis, inæqualibus, acutis, lineis denticulatis, prima dimidiata glabra, pilis, rarioribus ferrugineis. Pedes granulati, marginibus spinosuli, ferrugineo-subpilosi.

Description : Long. 20-25 mill.; larg. 10 1/2-13 mill. — Noire, un peu brillante, en ovale très allongé, arrière-corps déprimé sur le dos, progressivement déclive en arrière.

Tête finement ponctuée, à points plus forts en avant et dans les fossettes ante-oculaires, se transformant, parfois, dans ce point et latéralement, en petite granulations très fines. Labre tronqué en avant ou à peine sinué, ponctué, avec la partie postérieure lisse, cilié de fauve. Menton à peine ponctué, rebordé nettement, et peu profondément échancré en avant. Antennes brunes ciliées de fauve, à articles médiocrement épais. Elles dépassent en arrière la base du pronotum. Les articles sont cylindro-coniques : articles 4-8 diminuant progressivement de longueur ; 9e aussi large à l'extrémité que long, lisse et brillant ; 10e article fortement tranversal, obliquement tronqué. Palpes d'un brun clair rougeâtre.

Pronotum deux fois au moins plus large que long, ayant sa plus grande largeur au milieu de la longueur. Bord antérieur trisinué avec les angles antérieurs assez fortement avancés. Bords latéraux régulièrement arrondis ; angles postérieurs presque nuls, arrondis. Bord postérieur à peine trisinué, frangé comme le bord antérieur de poils jaunâtres. Disque largement lisse, surtout en avant, assez densément et un peu irrégulièrement couvert, sur les côtés, de granulations subtriangulaires aplaties et assez fortes, entremêlées d'une pubescence grisâtre. Le prosternum se termine en arrière par un bec court, arrondi, rebordé, cilié de poils jaunâtres qui cachent parfois le rebord. Les deux rebords de la rainure médiane sont marqués de petits mamelons tuberculeux.

Ecusson assez saillant, subtriangulaire.

Arrière-corps de même largeur, à la base, que la base du pronotum, s'arrondissant régulièrement avec sa plus grande largeur au milieu des élytres. Première côte dorsale lisse et épaisse dans ses 2/3 antérieurs, à crénelures dentiformes, postérieurement. Elle se termine très près de l'extrémité de l'élytre, en se réunissant, ou en tendant à se réunir, à la côte latérale. Deuxième côte dorsale commençant à la base par une rangée de crénelures épaisses, séparées ; elle devient dentiforme en arrière où elle se termine brusquement, avant les autres. Côte latérale entière, granuleuse en avant, puis crénelée, puis dentelée : elle est placée un peu plus près de la côte marginale, dont elle suit le trajet, que de la deuxième dorsale. Côte marginale saillante, finement crénelée, et denticulée également, dans toute son étendue. Suture lisse, aplatie en avant, crénelée postérieurement. Premier intervalle densément couvert de granulations fortes, oblitérées dans la première moitié, formant dans la seconde moitié une ligne régulière, simple, de gros tubercules. Dans le 2e et le 3e intervalle, les gros tubercules sont placés sans ordre dans la première moitié, et en ligne régulière en arrière. Dans le 4e intervalle existe une rangée entière de tubercules placée au milieu de l'intervalle. Les granulations les plus fortes disparaissent en arrière où elles diminuent de volume ; elles sont entremêlées de granules plus nombreux en avant. La surface des élytres est hérissée, surtout latéralement et en arrière de poils longs, fauves, dressés. Flancs des élytres couverts de quelques granulations très petites, très écartées.

Abdomen couvert densément de petits poils fins couchés, d'un jaune pâle. Le fond est très finement chagriné, semé régulièrement de petits granules noirs écartés, qui diminuent beaucoup de volume sur les derniers segments.

Tibias antérieurs légèrement élargis à leur extrémité avec une dent externe un peu saillante. Tibias intermédiaires fortement, tibias postérieurs faiblement creusés sur leur face dorsale.

Quatre tarses postérieurs légèrement comprimés, ciliés de poils fauves assez longs, et dressés en arrière sur le bord supérieur, très courts et réunis en touffes inférieurement.

Patrie : Arabie.

Cette espèce ressemble, à première vue, à la *P. spinosula* Klug, qui est souvent prise pour elle dans les collections. Les caractères ci-dessus énumérés la font reconnaître facilement. Nous citerons surtout : la forme différente du pronotum, la terminaison du prosternum rebordé en arrière et formant ainsi un bec très court, la pubescence dressée des élytres, etc., etc. Beaucoup moins commune dans les collections que la *Spinosula*.

45. **P. sericea** Ol. Ent. III. 59. p. 8. pl. 4. fig. 1. (nec. Sol.)

Syn. *aggregata* Kl. Symb. phys. II. 1830. nº 14. pl. 12. fig. 1. — *miliaris* Kl. Symb. phys. II. nº 15. pl. 12. fig. 2. — *asperata* Kl. Symb. phys. II. nº 10. Sol. Ann. Fr. 1836. p. 110. et var. A *(pubifera)*.

Var. *balearica* Sol. Ann. Fr. 1836. p. 111.

Diagnose Ol. — *P. nigra, thorace scabro, élytris sericeis tuberculato-muricatis.*

Caput et thorax sericei, punctis elevatis scabri. Elytra sericea, tuberculis majoribus spinosis et lucidis in tres series digestis, et inter has tuberculorum minorum, linea lateralis serrata pronimet. Pedes elongati, rugosi, pilosi.

Description : Long. 17-24 mill. — En ovale allongé, épaisse, couverte d'une pubescence dense, roussâtre, de couleur plus ou moins claire, et plus ou moins détruite par le frottement.

Tête imperceptiblement chagrinée, couverte de petits tubercules disséminés, d'où naît un cil raide, couché, assez long. Bord antérieur à ponctuation variable comme densité, forte et, parfois, rugueuse. Labre plus ou moins concave en dessus, le plus souvent rugueusement ponctué, sinué et frangé de poils jaunâtres en avant, quelquefois absolument dorés. Menton large, arrondi souvent et plus régulièrement élargi sur les côtés que cela ne se voit d'habitude, à rebord saillant, nettement et peu profondément échancré en avant, ponctué. Antennes atteignant, ou dépassant à peine, le bord postérieur du pronotum en arrière, assez épaisses, hispides; les articles 4-8 diminuent progressivement de longueur, le 9e est légèrement élargi à l'extrémité, 10e très court cupuliforme, très transversal. Les palpes maxillaires ont leur dernier article de couleur variable du noir au jaune clair à l'extrémité.

Pronotum deux fois environ aussi large que long, fortement convexe transversalement, avec une saillie longitudinale assez marquée au milieu de la face dorsale; cette saillie porte souvent une carène plus ou moins effacée, et, rarement, les vestiges d'un sillon enfoncé. Bord antérieur trisinué à un degré très variable, à angles antérieurs plus avancés en avant et un peu en dehors chez la femelle, que chez le mâle. Angles postérieurs très obtus, à peine indiqués. Bords latéraux arrondis assez fortement, ayant le sommet de leur courbe en arrière du milieu de la longueur du pronotum. Disque finement chagriné et parsemé de granulations sétigères semblables à celles de la tête, mais un peu plus fortes, surtout latéralement, où elles sont à peine plus rapprochées entre elles. La saillie longitudinale médiane, indiquée plus haut, est souvent lisse dans son tiers médian seulement, les tubercules des côtés du pronotum se rejoignant en avant et en arrière.

Ecusson petit, enfoncé, triangulaire, souvent caché, en partie, ou complètement, par le bord postérieur du pronotum.

Elytres à peine plus larges à la base que la base du pronotum, arrondies régulièrement en arrière, de façon à constituer un arrière-corps plus large ♀. et moins large, plus parallèle ♂. Elles sont couvertes, dans toute leur étendue, d'une pubescence feutrée, épaisse, qui se retrouve chez les individus frais, sur l'insecte tout entier (var. *pubifera* Sol.). Leur superficie est parsemée de granulations disséminées, de taille bien différente, suivant les individus, et qui ne se réunissent jamais. Sur les flancs des élytres, ces granulations sont encore plus écartées et beaucoup plus petites que celles du dessus. Les côtes dorsale et latérale sont formées de granulations un peu plus fortes, se confondant plus ou moins, dans la première moitié, avec les granulations des intervalles. La première dorsale se réunit plus ou moins distinctement à la côte latérale, tout à fait en arrière; elle est quelquefois rejointe, avant cette réunion, par la deuxième côte dorsale. Celle-ci se prolonge souvent presqu'autant que la première dorsale. Côte marginale crénelée, saillante, dentelée postérieurement. Abdomen densément et presque imperceptiblement ponctué, couvert de granulations disséminées, encore plus petites que celles des flancs des élytres, et entremêlées d'une fine pubescence.

Pattes fortement granuleuses, robustes. Tibias antérieurs terminés extérieurement par un prolongement dentiforme fort, quelquefois assez aigu. Tibias intermédiaires canaliculés très profondément sur le dos. Les tibias postérieurs le sont à un degré moindre. Quatre tarses postérieurs à articles à peine comprimés, excepté les premiers, ciliés de poils raides et courts.

La *P. asperata* est décrite par Solier sur des individus ayant perdu leur pubescence, tandis qu'il a décrit l'insecte frais sous le nom de var. *A.* (*pubifera*). Ainsi que nous l'avons dit plus haut, il avait confondu avec sa *P. Sericea* (*Latreillei* nunc), l'insecte décrit par Olivier, et qui est bien celui dont il est ici question.

Les différences considérables existant dans la granulation de la *P. Sericea* Ol., tant pour la grosseur que pour la densité, a fait décrire à Klug un certain nombre de variétés comme étant des espèces distinctes. M. Haag, qui a examiné les types au Musée de Berlin, réunit à la *P. asperata* Sol. (*Sericea* Ol.) les *Pimelia aggregata* et *miliaris* Klug.

Var. *Balearica* Sol. — Anc. Fr. 1836, p. 111.

L'insecte décrit par Solier sous le nom de *Pimelia balearica* ne nous paraît pas pouvoir être considéré comme une espèce distincte de la *P. Sericea* Ol.

Elle en diffère par sa taille un peu plus petite, par la couleur plus grisâtre de sa pubescence, par la granulation du pronotum plus petite; celle des intervalles est également un peu plus petite et moins dense. Antennes et jambes plus minces; tibias antérieurs un peu plus étroits, et les tarses un peu moins comprimés.

Ces différences n'autorisent guère la formation d'une espèce particulière, lorsqu'il s'agit surtout de la distinguer d'un insecte aussi variable que la *P. Sericea*.

L'exemplaire typique de la *P. Balearica* existe dans la collection de M. de Marseul.

Patrie : Egypte : Alexandrie, Ramle, etc., Commune.

La variété *Balearica* vient des îles Baléares, où elle paraît être extrêmement rare.

46. **P. urticata** Kl. Symb. phys. II. n° 11. pl. 11. fig. 11.
Syn. *P. tuberosa* Kl. Symb. phys. II. n° 12. pl. 11. fig. 12. —
Var. *P. exanthematica* Kl. Symb. phys. II. n° 13. pl. 11. fig. 13.

Diagnose et description Kl. — *P. nigra, thorace utrinque elytrisque tuberculatis.*

Habitat Alexandriæ.

Corpus subovatum, subdepressum, nigrum. Caput sparsim punctatum. Labrum punctatum. Antennæ nigro-pilosæ. Thorax rotundatus, marginatus, utrinque tuberculatus, dorso glaberrimus antice posticeque fulvo-ciliatus. Pectus abdomenque punctata, subpubescentia. Elytra tuberculata, tuberculis magnis, partim in series dispositis, marginata, margine serrato, epipleuris sparsim punctatis. Pedes subechinati nigro-subpilosi.

Description (1) : Long. 22-25 mill.; larg. 13 1/2-14 1/2 mill. — Nous décrivons ici l'exemplaire que nous rapportons à la *P. urti-*

(1) Au moment de livrer notre travail à l'imprimeur, nous avons eu la bonne fortune de trouver dans la collection Olivier Delamarche, un exemplaire de cette belle espèce et un exemplaire de la var. *exanthematica*, réunie par Haag, ainsi que la *P. tuberosa* Kl., à la *P. urticata*. Cette réunion avait été faite par ce regrettable entomologiste, d'après l'examen, au musée de Berlin, des types uniques des trois espèces de Klug. — Les individus que nous avons sous les yeux ont été rapportés d'Egypte par M. Letourneux.

cata Kl.; nous indiquons ensuite les différences assez notables qui le séparent de l'individu dont la description se rapporte à la *P. exanthematica* Kl.

Arrière-corps en ovale allongé, d'un noir légèrement brillant, un peu déprimé en dessus.

Tête presque lisse, avec quelques points disséminés sur le vertex; granulée, assez peu densément, jusqu'au niveau des yeux. Bord antérieur lisse, avec une bordure antérieure de points au milieu, rugueux sur les côtés; bourrelets ante-oculaires épais, assez relevés. Labre nettement sinué en avant, ponctué finement, rugueusement sur les côtés, cilié de poils fauves; menton peu profondémunt échancré, ponctué peu profondément. Antennes dépassant légèrement en arrière la base du pronotum, à articles coniques assez épais, hérissés de poils noirs, courts. Articles 4-7 subégaux, le 8e un peu plus court, 9e de la grandeur du 7e, élargi à l'extrémité, 10e court, transversal, 11e extrêmement petit, disparaissant, presque complètement, dans la cupule formée par le 10e. Dernier article des palpes maxillaires brun.

Pronotum gibbeux dans tous les sens, deux fois au moins plus large que long. Bord antérieur légèrement sinué, avec les angles antérieurs très aigus, légèrement avancés en avant et en dehors. Côtés plus fortement arrondis en avant. La plus grande largeur du pronotum se trouve au milieu de la longueur. Disque sans granulations au milieu. Cette partie lisse à la forme d'un ovale transversal large, circonscrit latéralement par la granulation des côtés qui est assez forte, mais écartée, et en avant et en arrière, par une série étroite des granulations latérales qui se rejoignent d'une manière obsolète sur la ligne médiane. Angles postérieurs obtus, presque arrondis.

Ecusson arrondi postérieurement, avec la partie antérieure du T renversé qu'il représente, très large.

Elytres plus larges à la base que la base du pronotum, à épaules fortement arrondies en ovale large, très régulier, presque de même largeur en avant et en arrière, avec un léger prolongement caudal à l'extrémité. Elytres couvertes de tubercules triangulaires, acuminés postérieurement, plus petits et plus écartés dans le 4e intervalle et surtout en arrière. Dans la première partie de l'élytre, ces tubercules sont entremêlés de quelques granules noirs qui disparaissent postérieurement où les tubercules deviennent très petits. Ces tubercules sont disséminés sans ordre, excepté en arrière, où l'on trouve dans le premier intervalle, seulement, une rangée sériale longitudinale assez distincte. Les flancs sont partout également marqués de petites granulations très écartées. Première côte formée d'une rangée de tubercules allongés, semblables à ceux des intervalles et rapprochés; ils sont placés sur une carène obsolète aplatie; cette côte se termine isolément tout près de l'extrémite de l'élytre. Deuxième côte formée, en avant, de tubercules un peu plus écartés que pour la première : on peut la suivre jusqu'à l'extrémité où elle se termine, isolément, à égale distance de la premiere côte dorsale et de la côte latérale. Dans la 2e moitié de l'élytre, les tubercules des 2 côtes dorsales deviennent plus saillants et se redressent en dents triangulaires. Côte latérale commençant par quelques tubercules triangulaires écartés en avant: Dans tout le reste de son trajet, elle est constituée par des tubercules saillants et rapprochés. Elle se termine en se réunissant à la côte marginale. Celle-ci est médiocrement saillante, crénelée, à dentelures pilifères rapprochées, un peu plus fortes et écartées en arrière.

Nulle part les élytres, ni le pronotum, ne portent les vestiges d'aucune pubescence.

Abdomen imperceptiblement chagriné en dessous, couvert densément de petites granulations d'où s'échappe un poil grisâtre court, fin et couché.

Pattes assez granuleuses. Tibias antérieurs fortement triangulaires, à saillie terminale externe prononcée et aiguë, mais ne formant par une véritable dent paraissant sur-ajoutée. Tibias intermédiaires avec un sillon très profond sur sa face dorsale. Celle-ci est largement et nettement creusée dans les tibias postérieurs. Quatre tarses comprimés latéralement. Le 1er article des tarses postérieurs est même fortement dilaté. Tous ces tarses sont ciliés de poils courts et raides.

Patrie : Marmarique (M. Letourneux). Un seul exemplaire faisant actuellement partie de ma collection.

Var. *exanthematica* Kl. — Cette variété diffère de la *P. urticata* typique :

par la forme de l'arrière-corps plus cylindrique, plus parallèle, moins déprimé en dessus, beaucoup plus brusquement déclive sur les côtés. Sa taille est un peu plus grande (25 mm);

par la tête granulée dans toute son étendue, avec une forte dépression bifovéolée entre les antennes et le 11e article antennaire un peu plus saillant;

par le pronotum un peu plus court, plus régulièrement arrondi en avant et en arrière sur les côtés et les angles antérieurs un peu moins saillants : le dos du pronotum est granulé dans toute son étendue, mais moins densément au milieu que sur les côtés, qui le sont beaucoup plus densément que dans le type ;

par les granulations un peu plus écartées de la première côte dorsale en avant ; elles ne sont guère plus rapprochées que pour la 2e côte dorsale : la granulation des flancs est un peu plus forte ;

par les vestiges d'une pubescence jaune pâle sur les côtés du pronotum, sur les flancs, et sur toute l'étendue des élytres; sur ces dernières, on en retrouve quelques traces dans toute l'étendue de leur surface, et elle paraît y avoir été épaisse et feutrée ;

par ses tarses postérieurs et intermédiaires moins comprimés.

Patrie : Egypte. Ramlé (M. Letourneux). Un seul exemplaire de ma collection.

La *P. urticata* Kl. paraît être très variable; elle se place entre la *P. sericea* Ol. (nec Sol.) et la *P. Letourneuxi* Mihi. Elle est très rare dans les collections et nous ne connaissons, à Paris, que les deux exemplaires que nous venons de décrire, et un 3e individu, sans localité, manquant de tarses postérieurs et qui existait, sans nom, dans la collection Reiche. Ces 3 individus font aujourd'hui partie de ma collection.

47. **P. Letourneuxi** Sén. Ann. Fr. 1880. p. 263.

Diagnose (Soc. ent. Fr. Bull. du 11 février 1880.) — *Nigra, convexa, subnitida. Caput fronte laxe punctatum, antennis nigro-pilosis, articulis octavo nonoque latioribus, decimo transversali. Thorax gibbosus, lateribus dense et grosse tuberculatus; medio parvis rarisque tuberculis, et sulcis transversalibus anteriori posteriorique notatus. Elytra rotundata, dorso subdepressa, maximis depressisque pustulis utrinque tecta, granulis minoribus nonnullis pubeque griseo-lutea, interjectis. Elytrorum costæ quatuor : marginalis denticulis retrospinosis, aliæ pustulis plus minusve longitudinaliter protractis formatæ. Duobus in insterstitiis primis pustulæ maximæ, rotundatæ in serie longitudinali unica, postice instructæ. Elytrorum latera tuberculis acuminatis notata, pube griseo-lutea vestita. Pedes crassi, articulis posteriorum et intermediorum tarsorum compressis, breve hispidis, pilis rigidis, retrorsum inclinatis.*

Description : Long. 24 mill. — D'un noir intense, assez brillant, courte; convexe, avec une légère dépression du dos des élytres en avant. Vue latéralement, la courbe des élytres continue celle qui est formée par la tête et le prothorax ; son point culminant est situé au tiers postérieur.

Tête à ponctuation fine et écartée sur le front, rugueuse au bord antérieur, présentant latéralement quelques petites granulations donnant naissance à un poil noir, dressé s'il est court, couché plus ou moins, et dirigé de dehors en dedans lorsqu'il est long. Labre rugueusement ponctué, peu ou point échancré en avant. Menton assez fortement échancré, ayant quelques granulations portant un poil noir dirigé en avant. Antennes d'un noir profond, assez épaisses, hérissées de poils courts et raides, excepté sur le dernier article, où ces poils sont plus longs ; articles 2-8 beaucoup plus longs que larges, 8e et 9e à peu près aussi larges que longs, 10e transversal, 11e large, mais très court, disparaissant presque dans la cupule formée par le 10e article.

Pronotum deux fois, au moins, plus large que long; bords latéraux à courbe assez régulière, présentant leur point culminant au niveau du tiers postérieur ; bord postérieur un peu plus large que le bord antérieur. Vus en dessus, les angles antérieurs paraissent peu aigus. Angles postérieurs obtus, précédés d'une légère sinuosité du bord latéral. Dos du pronotum convexe latéralement, paraissant lisse, mais présentant quelques granulations obsolètes et les vestiges d'une carène médiane logitudinale, fine. Cette carène manque parfois ; parfois aussi sa partie antérieure est entourée d'un groupe de très petits points. Il existe en outre deux dépressions transversales assez nettes, l'antérieure au premier tiers, la postérieure au dernier tiers de la longueur du pronotum. Côtés du pronotum couverts de granulations assez fortes, aplaties, inégalement espacées et peu confluentes. Prosternum granuleux, sillonné à son extrémité postérieure.

Elytres un peu plus larges, à la base, que le bord postérieur du pronotum, s'arrondissant rapidement à l'épaule ; leur plus grande largeur est placée avant la moitié ; elles sont couvertes de grosses pustules entourées, dans toute l'étendue de l'élytre, chez les individus bien frais, d'une pubescence épaisse et feutrée formée de poils courts et soyeux, de couleur grise tirant plus ou moins sur le jaune. Ces pustules forment également les côtes dorsales et latérale ; elles présentent à la base, dans toute l'étendue de la côte latérale, et dans la partie postérieure de la deuxième dorsale, un mamelon anguleux, dirigé en arrière, qui leur donne l'aspect d'épines mousses. Celles qui constituent la première côte dorsale sont réunies en avant et en arrière par une carène assez épaisse et qui paraît formée par la substance même des pustules qui aurait coulé de l'une à l'autre ; elles sont pyriformes, à sommet dirigé en avant. Les pustules des intervalles sont arrondies ou plus ou moins déformées ; elles sont entremêlées, à la base, latéralement et en arrière, de tubercules de grosseur variable et acuminés. Côte marginale formée de crénelures dentiformes, peu développées. Parties réfléchies des élytres pubescentes, présentant des tubercules acuminés, peu confluents. Abdomen à granulations assez denses, portant un poil noir dirigé en arrière.

Tibias antérieurs terminés par une dent forte en dehors. Quatre tarses postérieurs comprimés, hispides, à poils courts, raides et couchés en arrière. Un seul exemplaire, sur les trente ou quarante que nous avons eu sous les yeux, a les tarses longuement ciliés et pénicillés dessus et dessous.

Cette espèce, que plusieurs collègues, et moi-même, avions cru d'abord reconnaître pour une des *Pimelia* d'Alexandrie décrites par Klug, fut envoyée par moi à M. le baron de Harold, qui eut l'obligeance de la comparer minutieusement aux types de Klug appartenant au Musée de Berlin. Sa réponse ne peut laisser le moindre doute. Notre espèce se rapproche de la *tuberosa* et de l'*exanthematica* Kl., mais en est différente et constitue vraisemblablement une espèce nouvelle. Rien de semblable n'existe au Musée de Berlin.

Dans l'*exanthematica* vue de profil, le dos ne présente pas une courbe continuant celle du pronotum; les élytres ont leur courbe propre de la base à l'extrémité. Dans l'*exanthematica* le corselet est plus voûté, moins transversal, à côtés, vus d'en haut, plus fortement arrondis, à granulation latérale plus fine et plus espacée. La sculpture des élytres est très différente : côtes plus saillantes, composées de tubercules plus allongés et plus écartés; les tubercules des intervalles sont également très différents : dans l'*exanthematica* il existe dans le deuxième interstrie un grand nombre de gros et petits tubercules placés sans ordre ; dans la *P. Letourneuxi* il n'y a qu'une douzaine de grosses pustules presque égales entre elles. Dans notre espèce, les tubercules de la partie postérieure sont sensiblement acuminés; dans l'*exanthematica*, c'est à peine si l'on aperçoit de petites aspérités pas plus grandes que celles de la strie marginale. Antennes beaucoup moins épaisses et à articles beaucoup plus allongés dans l'*exanthematica*, même les 8e et 9e.

Quant à la *tuberosa*, ajoute M. le baron de Harold, elle est bien plus étroite, et les tubercules des élytres sont beaucoup plus petits et plus nombreux sur les côtés.

Cette belle espèce a été trouvée, en assez grand nombre, en Marmarique, par M. Letourneux, auquel la science entomologique doit la connaissance d'espèces nombreuses appartenant à la faune d'Afrique et auquel nous avons été heureux de la dédier.

Collections Leprieur, R. Oberthür, Sédillot, Fairmaire, Leveillé, Bedel, la mienne.

Un exemplaire de cette espèce, sans nom, existait dans la collection de M. E. Allard, où il était indiqué d'Egypte (?).

48. **P. tuberculata** Men. (Men. Cat. raisonné, p. 184. — Fald. Fn. transc. II. p. 12.) Kr. Rv. tenebr. 353, 358.

DIAGNOSE Men. — *Obovata, antennis articulo tertio apice, quartoque toto intus longius ciliatis, thorace basi irregulariter impresso, punctis minutissimis parcis elevatis, elytris tuberculatis, tuberculis medio majoribus, subseriatim dispositis, tuberculorum acutorum serie laterali a medio incipiente, carina maginali parum prominula, dense tuberculata, tarsis 4 posterioribus fortiter compressis. — Long. 16-18 mill.; lat. 11 1/2 à 12 1/2 mill.*

Habitat in Russia asiatica; Caucaso (ad Zouvant).

DESCRIPTION (1) : Long. 15 1/2-17 mill.; larg. 10-10 1/2 mill. —

(1) Cette description est faite sur deux individus identiques (à la forme près). L'un est l'individu unique de la collection Mniszech (coll. Fald.); l'autre, fait partie de ma collection et existait dans celle de M. Reiche, où il était indiqué de Sibérie.

Ovale à arrière-corps tantôt plus allongé, tantôt plus court et plus globuleux, d'un noir médiocrement brillant.

Tête finement et peu densément granulée. Labre carré, lisse et déprimé au centre, assez fortement ponctuée sur son pourtour en avant. Menton anguleusement échancré en avant. Antennes robustes, dépassant à peine le bord postérieur du pronotum ; à article 8e plus court que les précédents ; 9e presque aussi large que long ; 10e transversal ; les derniers articles sont rougeâtres. Il existe, en dedans du 3e et du 4e article, quelques vestiges de cils allongés que l'on ne retrouve pas sur les autres articles.

Pronotum presque cylindrique, quelquefois un peu plus nettement arrondi sur les côtés, suivant la remarque très juste de M. Baudi (de Selve). Bord antérieur un peu concave en avant, à angles antérieurs à peine marqués ; le pronotum est lisse au milieu du disque, avec un léger sillon médian ; sur le reste de son étendue, il est marqué de granulations disséminées un peu plus confluentes sur les parties latérales.

Elytres un peu plus larges à la base que la base du pronotum ; de là, elles s'arrondissent plus ou moins pour se terminer par un prolongement caudal assez acuminé et un peu relevé ; elles sont couvertes de tubercules subtriangulaires, à sommet dirigé en arrière, quelquefois plus ou moins oblitérées, notamment dans le 1er intervalle. Ces tubercules, dont quelques-uns se réunissent transversalement, sont plus gros dans la 1re moitié de l'élytre, et sont entremêlés de quelques petits granules peu nombreux ; ils forment les 2 côtes dorsales en se confondant avec les tubercules des intervalles. Dans le 2e intervalle, existent 2 séries longitudinales irrégulières de ces tubercules. La côte latérale, formée de tubercules plus triangulaires et plus saillants, n'est guère appréciable que dans la seconde moitié de l'élytre. Côte marginale peu saillante et crénelée. Vers l'extrémité de l'élytre et dans le dernier tiers du 1er intervalle surtout, les tubercules sont remplacés par de petites granulations serrées. Flancs des élytres densément couverts de petits tubercules triangulaires, confluents, réunis par des rides transversales. Dessous de l'abdomen plus brillant que le dessus, couvert de petites granulations plus ou moins serrées.

Tibias antérieurs terminés extérieurement par un prolongement large, n'ayant en aucune façon la forme d'une dent. Tibias intermédiaires étroits, assez profondément canaliculés. Tibias aplatis seulement et quelquefois subcylindriques sur leur face dorsale, incurvés en dedans, grêles ainsi que les intermédiaires. Quatre tarses postérieurs fortement comprimés, dilatés, ciliés sur leurs 2 bords de poils courts.

Patrie : Caucase, Sibérie, Perse méridionale (Chiraz).

49. **P. atarnites** Baudi de Selve. (Deut. ent. Zeit. — 20 Jahrgang 1876).

Var. A. *torquata* Baudi de Selve.

Var. B. (= *tuberculata* Baudi de Selve. Mus. de Gênes.)

Diagnose Baudi de Selve. — *Oblongo-ovata, nitida, capite thoraceque medio punctulatis, hoc utrinque laxe tuberculato; elytris postice depressiusculis, subregulariter grosse tuberculatis, tuberculis apicem suturamque versus minutis, conglomeratis, costulis dorsali externa atque laterali posterius indicatis, marginali denticulata, tibiis anticis valde dilatatis; tarsis posticis compressis. — Long. 7 à 8 1/2 lin.*

Description (1) : Long. 17-21 mill.; larg. 10-12 mill. — D'un noir médiocrement brillant, à arrière-corps en ovale cordiforme allongé, légèrement déprimé sur le dos.

Tête d'un noir mat, à bourrelets anté-oculaires médiocrement relevés, avec une dépression transversale, obsolète, entre les antennes. La tête est très finement granulée sur les côtés. Ces granules sont très écartés; le bord antérieur est marqué de gros points confluents, quelquefois bien marqués. Labre densément ponctué, avec la partie centrale de sa moitié postérieure moins ponctuée, quelquefois lisse et brillante. Menton nettement rebordé, assez grossièrement ponctué, surtout sur le pourtour, peu profondément échancré en avant. Antennes courtes, épaisses, dépassant à peine le bord postérieur du pronotum, à articles 4-7 subégaux, hérissés de poils raides et courts. Le 8e est également hispide, un peu plus court que le 7e; 9e lisse, avec quelques cils plus longs à l'extrémité seulement, plus large à l'extrémité et plus long que le 8e, bordé de jaune gris pâle au contact du 10e article; celui-ci est également lisse, cupuliforme, bordé de même, à son extrémité, de blanc jaunâtre; 11e article petit, brun, arrondi, peu acuminé à l'extrémité; les articles 3e, 4e, 5e, et quelquefois le 6e, présentent, sur leur bord interne, une série de poils longs qui manquent quelquefois. Ces derniers exemplaires sont probablement des femelles.

Pronotum moins ou à peine 2 fois plus large que long, assez fortement trisinué à son bord antérieur, avec les angles antérieurs peu saillants, vus en dessus; à côtés arrondis à leur plus grande largeur, en arrière du milieu de la longueur; bord postérieur trisinué, avec les angles postérieurs, vus en dessus, un peu indiqués. Disque paraissant lisse, mais réellement marqué de quelques granulations tellement fines, qu'on ne les aperçoit qu'à un grossissement assez fort. Les granulations des côtés sont plus fortes, écartées, déprimées.

(1) Cette description a été faite sur deux individus (probablement ♂ et ♁) que M. Baudi de Selve a bien voulu me communiquer, et sur un grand nombre d'exemplaires du Musée de Gênes que M. Gestro m'a envoyés, et parmi lesquels se trouvait un exemplaire typique.

Ecusson en T renversé, petit, avec la partie postérieure assez épaisse, arrondie postérieurement. Les tubercules des élytres placés autour de l'écusson sont gros, oblitérés, comme confondus ensemble.

Elytres un peu plus larges à leur base que la base du pronotum dans la femelle, de même largeur chez le mâle : à partir de là, elles s'arrondissent régulièrement, plus fortement chez la femelle; leur plus grande largeur est située à peu près au milieu de l'élytre; à partir de là, elles s'atténuent fortement en arrière. Les élytres sont couvertes, dans leur moitié antérieure, de grosses pustules déprimées, oblitérées plus ou moins dans le 1er intervalle. Dans la 1re moitié de l'élytre, la 1re dorsale est marquée par une série de pustules déprimées dont la substance paraît avoir coulé de l'une à l'autre, mais qui restent parfois isolées. Les 2es stries dorsale et latérale y sont formées de tubercules qui se confondent absolument avec les tubercules des interstries. Dans la moitié postérieure, au contraire, la 1re côte dorsale peut disparaître complètement, et alors la 2e dorsale apparaît comme une rangée de tubercules réguliers. Quelquefois, c'est le contraire, et c'est ce qui a lieu dans l'exemplaire mâle que nous avons sous les yeux, la 2e dorsale n'est nulle part appréciable; la côte latérale est toujours mieux indiquée en arrière que les dorsales : elle l'est par une série de petites granulations triangulaires en arrière, arrondies en avant, allant en augmentant de volume d'arrière en avant, et qu'il est possible de suivre jusqu'à la base, où elles se confondent, cependant, avec celles des intervalles.

La 1re moitié de l'élytre est couverte de grosses granulations présentant, dans leurs intervalles, de très petits granules saillants et arrondis; dans la 2e moitié de l'élytre, les granulations deviennent très petites, au moins pour la plupart, et sont plus ou moins confluentes. Les flancs des élytres sont marqués d'une granulation double, également et peu densément, répandue dans toute leur étendue. Abdomen densément couvert de granulations assez aplaties et allongées, dans le sens longitudinal, entremêlées de petites granulosités et de points extrêmement fins.

Pattes antérieures fortement élargies, terminées en dehors par un prolongement fort et obtus, rarement dentiforme. Tibias intermédiaires assez profondément mais étroitement canaliculés sur la face dorsale. Tibias postérieurs plus superficiellement creusés. Quatre tarses postérieurs légèrement comprimés, ciliés en dessus et en dessous de poils courts et raides.

Patrie : Perse septentrionale. (Coll. du Musée de Gênes, coll. Baudi, la mienne.

Cette espèce est variable dans sa taille, sa forme, et dans la granulation des élytres. Il y a des individus chez lesquels les côtes et les gros tubercules sérialement disposés disparaissent complètement en arrière, pour faire place à une granulation plus petite et très confluente.

Parmi ses variétés nombreuses, il en est une qui a été décrite comme étant une variation de la *P. tuberculata* Mén., sous le nom de variété *torquata*, par M. Baudi de Selve. Nous ne saurions nullement accepter cette manière de voir, et il nous paraît certain que M. Baudi de Selve ne connaît pas la véritable *P. tuberculata* Mén (1).

Var. A *V. torquata* Baudi. — Arrière-corps un peu plus convexe en dessus, plus arrondi latéralement, plus brusquement déclive en arrière. Les tubercules de la moitié antérieure de l'élytre sont plus petits, triangulaires, non aplatis comme dans le type de l'espèce; les granulations, dans la 2e moitié, sont également beaucoup plus écartées que dans la plupart des *P. atarnites*. — Mer Caspienne.

Var. B (*tuberculata* Baudi.) — Cette variété diffère de la var. A, dont elle paraît exagérer les dissemblances avec le type, par la forme de l'arrière-corps, plus allongé et ayant sa plus grande largeur un peu plus en arrière, par ses tubercules encore plus petits, plus rares et plus écartés; dans les intervalles (même dans le 2e), les granulations occupent le milieu de l'élytre sous forme d'une série longitudinale linéaire unique. Le pronotum est un peu moins convexe sur le dos, un peu moins arrondi latéralement. La tête est plus densément granuleuse et ponctuée; les antennes non ciliées longuement en séries sur les 3e, 4e et 5e articles (an semper)? Perse sept.

50. **P. cephalotes** Sol. Ann. Fr. 1836. p. 119.

Syn. Ten. *cephalotes* Pall. — *P. oxysterna* Sol. Ann. Fr. 1836, p. 121.

DIAGNOSE Sol. — *Nigra oblongo-ovalis. Capite ante abrupte angustato, laxe punctato. Prothorace, postice angustato, lateribus laxe*

(1) *En effet, l'insecte nommé ainsi par lui, dans la collection du Musée de Gênes, et nous l'avons sous les yeux, ne concorde nullement avec la description de Ménétriès et de Faldermann, et diffère essentiellement de l'exemplaire de Faldermann (ex-coll. Mniszech, nunc Oberthür) et de l'exemplaire ex-type (à la forme près, qui est un peu différente) faisant partie aujourd'hui de notre collection (ex-coll. Reiche).*

Dans la véritable P. tuberculata, *les tarses sont beaucoup plus comprimés et largement dilatés, la forme de l'arrière-corps est bien différente, enfin la granulation des élytres est composée de gros tubercules déprimés, subconfluents. Dans la* P. tuberculata *de M. Baudi, les tarses ne sont pas fortement comprimés et sont à peine dilatés; les tubercules sont représentés par des granulations saillantes très écartées et rangées en séries longitudinales régulières au milieu des intervalles; les côtes sont constituées de la même façon, et toutes très distinctes, dans leur trajet tout entier. Cette prétendue* P. tuberculata *provient de Perse septentrionale, et nous paraît n'être elle-même qu'une variété de la* P. atarnites.

et acute tuberculato, medioque punctato, vix granulato. Elytris dorso leviter depressis, tuberculis triangularibus, rugisque transversis, tectis. Seriebus tuberculorum duabus dorsalibus obliteratis, costisque laterali marginalique parum prominulis, acute tuberculatis. Antennis crassis, articulis tertio, quarto, quintoque apice intus longe ciliatis. Tibiis anticis crassis valde triangularibus. Tarsis quatuor posticis compressis. Prosterno postice tuberculo conico.

Description : Long. 20-22 ; larg. 10-12 mill. — Noire assez brillante. Arrière-corps en ovale allongé, subcordiforme, déprimé en dessus.

Tête rétrécie brusquement, et presque à angle droit, en avant, à granulation très écartée sur le front et le vertex, (quelques-unes des granulations sont remplacées, parfois, par des points), rugueusement ponctuée, en avant, avec une impression inter-antennaire transversale. Labre ponctué rugueusement, tronqué, ou, quelquefois, à peine sinué en avant, où il est frangé, surtout latéralement, de cils épineux, d'un brun plus ou moins foncé. Menton rugueux, ou rugueusement ponctué, nettement, mais peu profondément échancré en avant. Antennes médiocrement épaisses, atteignant, en arrière, les hanches intermédiaires ; les articles 4 à 8 subégaux, diminuant, très légèrement, de longueur ; le 8e et le 9e à peu près de même longueur, ce dernier est un peu plus élargi à l'extrémité ; le 10e transversal, le 11e assez long, accuminé. Les articles 3, 4 et 5 sont ciliés, sur un de leurs bords, d'une rangée de poils très longs, vers l'extrémité de l'article, surtout. Ces poils paraissent être très caduques, et il n'en existe, parfois, pas même de vestiges. Palpes maxillaires à dernier article rougeâtre, élargi, tronqué.

Pronotum plus large que long, subquadrangulaire, rétréci postérieurement. Bord antérieur fortement trisinué, avec les angles antérieurs fortement avancés en avant, éloignés de la tête. Bords latéraux arrondis en avant, rétrécis, subrectilinéairement, en arrière. Angles postérieurs obtus, quelquefois presqu'absolument arrondis. Bord postérieur à peine sinué, bordé, comme le bord antérieur, d'une frange de poils jaunâtres. Disque du pronotum peu brillant, portant, au milieu, les vestiges, au moins, d'une fine carène, ou d'un sillon longitudinal ; il est marqué, dans le tiers moyen, de très petites granulations, plus ou moins oblitérées, parfois entremêlées de quelques points, écartés, et latéralement de granulations plus fortes, mais aplaties, assez écartées.

Le prosternum est terminé, en arrière, par un tubercule de grosseur variable, souvent caché par un bouquet de poils jaunâtres qui le recouvre.

Écusson petit, en T renversé, très court.

Arrière-corps subdéprimé, assez largement, en-dessus, brusquement déclive en arrière, et surtout sur les côtés. Elytres couvertes, assez densément, de granulations plus fortes en avant, plus ou moins oblitérées et réunies en rides transversales dans la moitié interne, petites en arrière, et très rapprochées dans la moitié postérieure du premier intervalle. Côtes dorsales et latérales non distinctes des granulations des intervalles dans le premier tiers de l'élytre. La première côte dorsale est presque complètement inappréciable dans toute l'étendue de son trajet. La deuxième dorsale devient un peu visible vers la moité de l'élytre ; la côte latérale apparaît vers la fin du premier tiers, et est bien marquée postérieurement, où elle est formée de tubercules saillants, dentés et écartés. Elle se rapproche, à sa terminaison, de la côte marginale : celle-ci est formée de dentelures assez fortes et écartées en avant, plus fines et plus serrées en arrière. Flancs des élytres, chagrinés, couverts, assez densément, de tubercules dans toute leur étendue : ces granulations tuberculeuses sont entremêlées de rides.

Abdomen brillant, chagriné, très finement ponctué, couvert de granulations assez fortes, écartées et aplaties.

Tibias antérieurs terminés, extérieurement, par un prolongement large, très saillant, obtus. Tibias intermédiaires profondément et étroitement canaliculés sur leur face dorsale. Tibias postérieurs déprimés, ou largement creusés sur cette même face.

Quatre tarses postérieurs comprimés, ciliés, en dessus et en dessous, de cils, courts et raides.

Patrie : R. mér. Caucase, Turcomanie. Bords de la mer Caspienne. Un exemplaire de ma collection est indiqué de Tartarie.

La *P. oxysterna* Sol. est une *P. cephalotes*, dont les cils longs des antennes manquent. Le type (Coll. de Marseul) ne saurait laisser aucun doute à cet égard. Il porte, par erreur, sans doute, l'indication de Barbarie, comme localité, et c'est probablement là la cause de l'erreur commise par Solier.

Var. *Menetriesi* Karel. — An. Sp.?

Nous rapportons, à titre de variété, à la *P. Cephalotes* Pall., deux exemplaires portant, dans la collection Mniszeck, (nunc Oberthür), le nom de *Pimelia Menetriesi* Karel.

Cette variété, dont on pourrait être tenté de faire une espèce, diffère de la *P. Cephalotes* par les caractères suivants ;

Forme générale plus étroite. Antennes à articles plus allongés et plus grêles. Bord antérieur du pronotum moins fortement trisinué, avec les angles antérieurs moins avancés et moins saillants en dehors. La face supérieure du pronotum est plus lisse, à peine finement, granuleuse et ponctuée au milieu. Les parties latérales ne présentent que quelques granulations tout à fait en dehors. Le prosternum non terminé par un tubercule saillant. Granulation des élytres plus fine et beaucoup moins réunie transversalement. Les pattes plus longues, plus grêles.

Cette variété provient de Turcomanie. M. Baudi de Selve a vu cette espèce dans le Musée de Turin.

51. **P. Gestroi** n. sp.

Diagnose. — *Elongata, angusta, subnitida. Caput magnum, porrectum, minute granulatum. Thorax antice latior, supra sparsim minute que granulatus, medio longitudinaliter arcte lævis. Elytra elongata, angusta, valde postice attenuata; ante medium nitidis, hæmisphericis tuberculis notata, interjectis granulis minimis; prima dorsali costa solum modo ante, conspicua. Post medium dorsalis lateralisque costæ, granulatæ apparent elytrorum tuberculis multo minoribus interjectis. Pedes in femoribus, hæmisphericis, in tibiis, triangularibus tuberculis præditi. Tarsi quatuor postici subcompressi, breviter ciliati, unguiculis parvis, parallelis, approximatis.*

Description (1) : Long. 22-23 1/2 mill.; larg. 9 1/2 mill. — Très allongée, d'un noir légèrement brillant, surtout sur le pronotum, arrière-corps relativement étroit, déprimé antérieurement en dessus, progressivement déclive en arrière.

Tête grande, finement chagrinée, couverte partout, excepté sur le sommet du vertex, de petites granulations écartées. Bord antérieur de la tête concave en avant, ponctué, jusqu'au niveau, en arrière, d'une légère saillie transversale, inter-antennaire. Côtés du chaperon relevés, marqués en dessus d'une fossette bien indiquée et limitée, en arrière, par une saillie légère qui borde l'orbite en avant. Yeux étroits, brunâtres, peu saillants. Labre rebordé, tout autour, cilié, en avant, de poils d'un fauve rougeâtre, au milieu, et de quelques poils noirs sur les côtés, sinué en avant, ponctué, excepté dans la partie médiane, en arrière, qui est lisse et brillante. Mandibules très fortes. Menton rebordé, faiblement ponctué, à échancrure antérieure peu profonde, mais se continuant, en arrière, par un sillon superficiel qui divise le menton en deux parties, jusqu'à sa base. Les antennes, conservées sur un seul des deux individus, sont assez épaisses, et dépassent, en arrière, le bord du pronotum. L'article 4 est plus long que le 5e ; les articles 5-8 subégaux ; le 9e est un peu plus élargi ; mince à sa base, il est à peine plus long que le 8e ; 10e court, cupuliforme ; 11e petit, acuminé. Les trois derniers articles un peu plus clairs à l'extrémité seulement. Tous les articles sont médiocrement et subégalement ciliés.

Pronotum deux fois environ plus large que long, à peine légèrement trisinué, en avant. Les angles antérieurs à peine marqués, presque nuls. Bord postérieur tronqué, sensiblement de même lar-

(1) Cette description est faite sur deux exemplaires défectueux du Musée de Gênes, communiqués par M. Gestro, dont l'inépuisable complaisance est bien connue de tous les entomologistes, et auquel je dédie cette espèce avec grand plaisir.

geur que le bord antérieur; angles postérieurs obtus, légèrement indiqués. Bords latéraux faiblement arrondis, en avant, subrectilinéairement rentrants en arrière. La plus grande largeur du pronotum est située en avant du milieu de la longueur. Sur le milieu du disque existe une très légère saillie longitudinale, à peine marquée, et seulement en avant : au devant du bord postérieur, on voit, de chaque côté, une dépression transversale bien marquée, ce qui fait paraître, d'en haut, l'angle postérieur un peu saillant. Toute la superficie du pronotum, finement chagrinée, est parsemée de très petites granulations très écartées, nulles dans un espace longitudinal médian et étroit. Les granulations se rapprochent et deviennent un peu plus fortes sur les côtés, où elles sont cependant encore petites et écartées.

L'écusson très petit, très court, à bord postérieur relevé et curviligne, presque linéaire, est suivi immédiatement par une fossette enfoncée, profonde, qui marque le commencement de la suture.

Elytres pas plus larges, à la base, que la base du pronotum, en ovale très étroit et très allongé, assez fortement atténuées postérieurement. Leur disque est légèrement aplati. Elles sont couvertes, dans leur première moitié, de granulations, de petite taille, presque hémisphériques, à sommet un peu plus saillant en arrière, et d'un noir brillant, qui tranche sur le fond mat de l'élytre : elles sont assez écartées, et dans les intervalles inégaux, qui la séparent, se voient de petits granules noirs. Dans cette première moitié de l'élytre, on ne peut suivre que la première côte dorsale formée de granulations subhémisphériques semblables à celles qui viennent d'être décrites; les autres côtes sont absolument confondues avec les granulations des intervalles. Un peu après le milieu de l'élytre, les granulations deviennent brusquement petites. Dans l'un des exemplaires (♀). que nous décrivons, elles sont assez rapprochées, et les granulés signalés plus haut disparaissent à peu près complètement. Dans l'autre exemplaire (dont nous ignorons le sexe), elles restent écartées, comme en avant, tout en devenant très petites, et les granules interposés sont tout aussi nombreux. Les côtes élytrales, formées de granulations sérialement rangées, sont visibles dans la deuxième moitié : la deuxième dorsale est obsolète et paraît se réunir à la première bien avant l'extrémité. La côte marginale est formée de granulations serrées et est assez épaisse. Les flancs des élytres sont parsemés de petites granulations de taille inégale, écartées.

Tout le dessous de l'insecte est couvert d'une fine pubescence d'un gris cendré, sur laquelle tranchent de petites granulations noires, arrondies, également et assez densément réparties, dans toute l'étendue de l'abdomen.

Pattes couvertes de granulations brillantes, subhémisphériques sur les cuisses, subtriangulaires sur les tibias. Dent terminale externe des tibias antérieurs longue et assez aiguë. Face dorsale des tibias intermédiaires assez profondément canaliculée. Celle des tibias postérieurs l'est également, mais plus largement et beaucoup plus superficiellement.

Quatre tarses postérieurs, noirs, modérément comprimés, ciliés de poils courts et raides. Ongles petits, noirs, rapprochés, parallèles.

Patrie : Perse : Prov. de Mazanderan. (Sari).

Je ne puis rapporter cette espèce à aucune de celles qui ont été décrites jusqu'ici, et je n'en ai vu que les deux exemplaires indiqués ci-dessus ; l'un d'eux, que M. Gestro avait eu l'amabilité de me renvoyer, a été malheureusement, et à mon grand regret, complètement détruit dans le voyage.

52. **P. capito** Kryn. Bull. de Moscou, 1832. v. p. 131.

Syn. *P. Schœnherri* Sol. Ann. Soc. ent. Fr. v. p. 117. — Kr. Rev. Tenebr. p. 354. — *P. neglecta* Fisch. Menetr. Cat. rais. p. 194.

Var. A. *P. Schœnherri* Fald. nouv. Mém. de Mosc. v. p. 11. n° 291. — Sol. loc. cit. p. 118.

Diagnose Kryn. — *Thorace lateribus rotundatis ; clypeo appendiculis lateralibus dilatatis rotundatisque; elytris scabris tuberculorum ad apicem seriebus evidentioribus quinque.*

Long. 7 1/4 l.; — lat. 4 l.

Simillima P. cephaloti, *sed dimidio fere minor. Thorax ejus ad latera magis rotundatus, angulis anticis obtusioribus, antice posticeque, ciliis albidis minutissimis, clypeus antice nunquam impressus, alis lateralibus quæ in* P. cephaloti *oblique sunt truncatæ, rotundatis et magis reflexis. Denique si a tergo spectabis, singulum elytron, excepto angulo ejus laterali serrato, gaudet seriebus quinque tuberculorum, interdum valde distinctis.*

Habitat in Caucaso et in desertis Kirghisorum gregatim (Karelin).

Description : Long. 16-17 1/2 mill. — D'un noir peu brillant, arrière-corps ovalaire un peu plus élargi en arrière ♀.

Tête très finement chagrinée, quelquefois presque lisse avec de fines granulations disséminées. Bord antérieur de la tête marqué de points rugueux, séparé du front par une dépression inter-antennaire. Côtés du bord antérieur de la tête assez fortement relevés. Fossette ante-oculaire bien marquée. Labre très peu sinué en avant, où il est bordé de cils d'un brun noirâtre et de cils roux, fortement ponctué sur son pourtour, lisse au milieu de sa moitié postérieure. Menton fortement rebordé latéralement, médiocrement ponctué, à échancrure antérieure bien marquée, pas très profonde. Antennes dépassant, un peu en arrière, le bord postérieur du pronotum. Articles 4-8 diminuant légèrement de longueur, assez épais, le 9e un peu plus long que le 8e, élargi plus ou moins fortement à l'extrémité, quelquefois presque globuleux ; 10e court, transversal.

Pronotum très convexe transversalement, deux fois, environ, plus large que long, à bord antérieur trisinué, avec ses angles antérieurs peu saillants, non prolongés en avant, mais se projetant un peu en dehors. Bords latéraux médiocrement arrondis; angles postérieurs peu marqués, arrondis. Bord postérieur moins trisinué que l'antérieur. Dos du pronotum avec les vestiges d'une dépression longitudinale médiane, presque lisse au milieu, où il est marqué seulement de quelques très petites granulations disséminées. Sur les côtés, ces granulations deviennent plus grosses, mais restent écartées. Prosternum terminé, en arrière, par un bouquet de poils d'un jaune clair, mais sans tubercule ou prolongement terminal.

Ecusson en T renversé, très petit et très court transversalement.

Arrière-corps légèrement déprimé sur le dos, surtout chez le mâle, assez fortement déclive sur les côtés et en arrière, ovalaire, ayant son maximum de largeur un peu en arrière de son milieu, ♀.

Elytres assez densément couvertes de tubercules triangulaires aplatis, de deux grandeurs différentes. Tous ces tubercules sont plus ou moins oblitérés dans le premier intervalle en avant; en arrière, ils deviennent beaucoup plus serrés, et beaucoup plus petits, entre la suture et la première côte dorsale. Les deux côtes dorsales et la côte latérale se confondent en avant avec les tubercules des intervalles; cependant, la première côte dorsale y est encore, parfois, un peu plus appréciable. En arrière, elles sont bien marquées, mais se confondent avec les tubercules les plus forts des intervalles qui sont disposés, dans cette partie de l'élytre, en séries longitudinales. Côte marginale peu saillante, constituée par des dentelures effacées, mais un peu plus grosses en avant, plus petites et un peu plus saillantes en arrière. Flancs des élytres marqués, uniformément, de petits tubercules aussi forts en arrière qu'en avant. Il existe quelques granules presqu'imperceptibles entre ces petits tubercules. Ceux-ci ont le volume des plus petites granulations existant dans le 4e intervalle.

Abdomen très finement chagriné-ponctué, avec une granulation assez marquée, médiocrement serrée.

Tibias antérieurs robustes, terminés, en dehors, par une large et saillante apophyse plutôt que par une dent. Tibias intermédiaires marqués, sur le dos, d'une cannelure étroite, peu profonde. Tibias postérieurs légèrement aplatis, quelquefois très superficiellement creusés.

Nous n'avons pas vu d'individus chez lesquels la face dorsale des tibias postérieurs fut cylindrique, ainsi que l'indique Solier pour sa variété A.

Tarses postérieurs et intermédiaires fortement comprimés, ciliés dessus et dessous de poils courts, noirâtres, plus ou moins réunis en touffes.

Patrie: Russ.mér.: Sarepta, Caucase, Kirghuises, Georgie (Dr Lederer).

53. **P. cursor** (1) Men. Cat. raisonné, etc., etc. p. 192. — Fald. Fn. ent. transcaucas. II. 9. in nouv. mém. Mosc. v. p. 289. — Kr. Rev. d. Ten. p. 355 et 360.

DIAGNOSE ET DESCRIPTION Fald. — *Ovata, subelongata, capite thoraceque sublævibus; elytris inæqualiter minute tuberculatis, nec non scabrosis. — Long. 8 1/2-10 l.; lat. 4 3/4-5 2/3 l.*

Præcedenti valde assimilis (Dubia Fald.) *a qua rugositate elytrorum præcipue differt.*

Caput porrectum, crassum, minutissime et valde remote granulatum, vertice parum convexum intra os non nihil inæquale, ibique obsolete rugosum, lobo laterali parum incrassato, supra impresso.

Antennæ ut in precedente, tamen parcius setosæ et apice paulo dilutiores; articulo ultimo flavo.

Oculi nigri, latiusculi, subreniformes, prominentes.

Thorax precedenti brevior, basi truncatus, apice tenuiter trisi-

---

(1) Malgré tous nos efforts, nous n'avons pu arriver à une certitude absolue à l'égard de la *P. cursor*. Il nous a donc semblé utile de reproduire la description et la diagnose de Faldermann *in extenso*.

Il nous paraît très douteux que les descriptions de Faldermann et de Menetriés se rapportent à la même espèce. M. Kraatz, de son côté, a étudié dans ses remarques sur la *P. cursor*, un individu provenant (sans détermination) de la collection Mniszech, et dans lequel il a cru pouvoir reconnaître la *P. cursor* Men. et Fald. Ses remarques nous paraissent s'appliquer surtout à la description, très incomplète du reste, de Menetriés.

Faldermann compare sa *P. cursor* à la *P. dubia*, à laquelle, dit-il, elle ressemble beaucoup. M. Kraatz, au contraire, la rapproche de la *P. cephalotes*, et ce fait seul nous inspire beaucoup de doutes. Il est vrai que cet auteur ne connaissait pas la *P. dubia*, qui ne ressemble guère à la *P. cephalotes*.

Dans la collection Mnizsech (ex-coll. Faldermann, nunc R. Oberthur), on trouve inscrits, sous le nom de *P. cursor*, deux insectes de forme différente et dont l'un est certainement une variété de petite taille de la *Pimelia dubia*. L'autre nous paraît se rapporter de point en point à la description de Faldermann, et, bien qu'il ne soit pas indiqué comme typique, nous n'hésiterions pas à le considérer comme tel, si l'auteur ne disait pas, dans sa diagnose, que la *P. cursor* diffère surtout de la *dubia* par la rugosité des élytres. Dans la *cursor* de la collection Mniszech, la granulation des élytres est presque identique à celle de la *dubia* Fald. Les différences principales qui en séparent l'individu en question, sont la forme beaucoup plus parallèle, et la présence, sur l'arrière-corps tout entier, de poils à demi-dressés, fauves et très fins. Dans la collection du Museum de Paris, nous avons retrouvé le même insecte, sous le nom erronné de *P. variolosa* Sol., et provenant de Perse, au nombre de trois individus.

Il est infiniment probable que Dejean a eu sous les yeux des individus semblables lorsqu'il a réuni, dans son catalogue, *P. dubia* et *P. cursor*.

Nous allons donc décrire, sous le nom de *P. cursor*, l'insecte qui porte ce nom dans la collection Mniszech, et nous sommes fortement tenté de le considérer comme une variété de la *dubia* Faldermann. Cet auteur a, d'ailleurs, placé la description de cet insecte entre celles des *P. dubia* et *P. persica*. Nous avons le type de celle-ci sous les yeux, et ce n'est certainement qu'une variété de la *P. dubia*.

Quant à la question de savoir si la *P. cursor* de Menetriés est bien la même, il nous est impossible de nous prononcer ; peut-être pourrons-nous y arriver ultérieurement à l'aide de nouveaux matériaux.

nuatus, apice et postice pallide ciliatus, lateribus et supra æqualiter convexus, intra apicem transversim leviter depressus, disco lævis, latera versus minute et remote granulatus.

Scutellum transversum, elevatum, utrinque acuminatum.

Elytra ovata, postice attenuata, apice rotundata, supra æqualiter valde convexa, disco deplanata. antice paulisper elevata, tuberculis inæqualibus parvis, ante medium disci, majoribus, supra obtusis, nitidis, inæqualiter ac crebre obsita, nec non granulis numerosis minutis immixtis, postice valde retusa, ibique tuberculis et granulis densim congregatis et magis elevatis, subacuminatis undique scabra.

Corpus subtus productum incrassatum, minutissime et ubique æqualiter granulatum. Pedes lineares, elongati, scabrosi.

Var. B. *Multo minor fronte inter antennas sat impresso : thoracis disco scabro, elytrorum tuberculis magis rotundatis et in disco subseriatim collocatis paulo differe videtur.*

Description : Long. 20 mill.; larg. 10 1/2 mill. — Arrière-corps ovale, épais, d'un noir légèrement brillant.

Tête avec le vertex presque lisse, entouré de points qui se transforment en avant, et un peu plus densément sur les côtés, en fines granulations sétigères. Bord antérieur ponctué, finement caréné, mince et obsolètement relevé. Labre brunâtre, rugueusement ponctué. Menton ponctué superficiellement, échancré anguleusement. Antennes dépassant, un peu, le bord postérieur du pronotum, assez épaisses, à articles 4-7 subégaux, assez forts, rapprochés, peu coniques, densément hispides ; le 8e article un peu plus court, les articles 9 et 10 sont bruns, luisants, marqués de flave à leur extrémité ; le 11e petit, acuminé, d'un flave pâle.

Pronotum deux fois, environ, plus large que long, coupé presque droit en arrière, avec le bord antérieur à peine trisinué, et les angles antérieurs très peu saillants en dehors, nullement en avant. Côtés régulièrement mais faiblement arrondis. Dos du pronotum avec une légère impression médiane transversale en avant, couvert assez densément de granulations aplaties sur les côtés, presque lisse et avec de très petites granulations, disséminées dans le tiers médian. Prosternum large, tronqué brusquement en arrière, où il est à peine canaliculé.

Ecusson petit, triangulaire ; la base du triangle étant un peu plus large que les côtés.

Elytres à peine plus larges à la base que la base du pronotum. Epaules assez brusquement arrondies, ovalaires, un peu plus atténuées en arrière ; vu de profil, le dos des élytres est convexe, surtout en avant, et devient, assez régulièrement, déclive à partir de la moitié, environ, de la longueur.

L'élytre est couverte de granulations hémisphériques plus fortes et plus écartées en avant, plus serrées, plus petites et plus acuminées en arrière ; elles sont entremêlées de fins granules noirs plus nombreux en avant. La côte marginale commence à une petite distance de la base ; elle est formée de granulations arrondies, serrées, et un peu irrégulièrement alignés : la côte latérale ne devient appréciable qu'au milieu, environ, de la longueur de l'élytre ; elle est un peu mieux marquée en arrière que les côtes dorsales, qui se confondent presque complètement dans toute leur étendue (et la 1re encore plus que la 2e), avec les granulations les plus fortes des intervalles. La surface des élytres est couverte de poils d'un gris jaunâtre, à moitié dressés, penchés en arrière, fins, mais très appréciables. Flancs des élytres marqués de petites granulations de plus en plus fortes, à mesure qu'on les examine plus près de la côte marginale, et également disséminés.

Tout le dessous de l'insecte est couvert d'une pubescence d'un gris soyeux assez dense, dont émergent, sur l'abdomen, de petites granulations noires, hémisphériques, densément et régulièrement espacées.

Pattes granuleuses, médiocrement longues. Tibias antérieurs terminés en dehors par un prolongement allongé et large. Tibias intermédiaires, profondément et étroitement, creusés sur le dos. Tibias postérieurs plus largement, mais beaucoup plus superficiellement évidés. Quatre tarses postérieurs d'un brun rougeâtre, comme les tarses antérieurs ; ils sont modérément comprimés et brièvement ciliés de poils raides.

Patrie : Transcaucasie (Fald.), Arménie, Perse.

54. **P. dubia** Fald. (Fn. ent. transc. Nouv. mém. Moscou. 1837. v. II. p. 8. pl. 2. fig. 6.)

Var. A. *persica* Fald. (loc. cit. p. 10. pl. 2. fig. 8.)

Var. B. Fald. (loc. cit.)

Diagnose Fald. — *Sub-oblonga, ovalis, atra, opaca, capite minutissime ubique scabro, sed latera et anteriora versus, distinctius granuloso, thorace angustato scabro, disco læviore, linea longituninali discoidea valde obsoleta, abbreviata, elytris breviter ovatis, totis confertissime, sed minutissime granulatis, granulis inæqualibus acuminatis, interdum setuliferis et punctis numerosis elevatis immixtis, granulis paullo majoribus, in lineas 4 collocatis, posterius magis elevatis. — Long. 9-11 lin.*

Description (1) : Long. 22-25 mill.; larg. 11-12 mill. — D'un noir presque mat, surtout sur l'arrière-corps, qui est en ovale assez large,

(1) Cette description est faite sur un individu ♂ unique, de la coll. Faldermann (ex Mniszech, nunc Oberthür), et sur un individu presque identique, un peu plus petit (22 mm. au lieu de 25), appartenant à M. Sédillot. — L'exemplaire de la collection Faldermann est indiqué comme typique.

très régulier, déprimé en dessus, assez fortement atténué à l'extrémité.

Tête saillante sur le vertex, imperceptiblement chagrinée, presque lisse, avec quelques fines granulosités sétigères au milieu, un peu plus densément granuleuse sur les côtés et en avant, surtout au devant des yeux. Bord antérieur de la tête marqué d'une série de gros points. Labre noirâtre, très rugueusement ponctué en avant, presque lisse en arrière, à sinuosité antérieure peu indiquée, cilié en avant de poils assez longs d'un brun roussâtre. Menton large, rugueux, nettement échancré en avant. Palpes maxillaires brunâtres, avec le dernier article plus clair. Antennes n'atteignant pas tout à fait, en arrière, le niveau des hanches intermédiaires, à articles médiocrement épais, presque cylindriques, hispides ; les articles 5-9 subégaux ; le 9e est lisse, brunâtre, un peu élargi à l'extrémité, pas plus long que le 8e ; le 10e est triangulaire, court, transversal ; 11e très petit et acuminé. Les articles 3e, 4e et 5e portent, sur l'exemplaire ♂ que nous décrivons, quelques traces de cils longs, en séries.

Pronotum cylindrique, deux fois environ aussi large que long. Bord antérieur légèrement trisinué, avec ses angles à peine marqués, et nullement projetés en avant, mais un peu en dehors. Bords latéraux arrondis en avant, subrectilinéairement rentrants en arrière ; les angles postérieurs vus d'en haut, paraissant faire une légère saillie. Le bord postérieur paraît être un peu plus large que le bord antérieur ; il est largement rebordé latéralement. Le dessus du pronotum est finement chagriné comme la tête ; il est presque lisse au milieu, où se trouvent cependant quelques très fines granulosités qui deviennent, progressivement, plus fortes et plus denses, à mesure qu'on les examine plus près des bords latéraux. Il existe des traces d'une élévation médiane longitudinale. En arrière du bord antérieur, on voit une dépression médiane transversale assez marquée. De chaque côté, existe, en arrière, au devant du bord postérieur, une dépression latérale transversale assez nette, et c'est cette disposition qui fait, d'en haut, paraître les angles postérieurs un peu saillants : ils sont, en réalité, à peine indiqués lorsqu'on les examine latéralement. Prosternum sans tubercule terminal marqué, légèrement rebordé en arrière.

Elytres à peine plus larges à la base que le bord postérieur du pronotum, arrondies régulièrement, aplaties sur le dos (un peu plus dans l'exemplaire ♂). Elles sont couvertes partout d'une granulation assez fine, mais saillante. Cette granulation est composée de granulosités arrondies, entourées de petits granules noirs, saillants, en bien plus grand nombre ; les granulations les plus fortes tendent à disparaître postérieurement où les granules seuls subsistent. Il existe quelques rides transversales, dans la partie moyenne surtout du 3e intervalle. Les côtes sont à peine visibles en avant, où la côte latérale paraît manquer complètement. Elles sont plus marquées en arrière, et formées de granulations arrondies en avant, subtriangulaires, postérieurement. La côte marginale saillante, assez épaisse, est crénelée dans toute son étendue. Elle ne commence qu'à une petite distance de la base, ce qui permet d'apercevoir d'en haut, en avant de l'épaule, le rebord épipleural, ainsi que dans un certain nombre des autres espèces du groupe. — Flancs des élytres recouverts assez densément de rides et de granulations, presqu'aussi fortes que dans le 4e intervalle.

Abdomen chagriné, couvert de granulations assez fortes et serrées.

Les tibias antérieurs sont terminés en dehors par un prolongement large, saillant, spatuliforme, arrondi au sommet. Les pattes sont couvertes de petites granulosités, séparées, hémisphériques. Tibias intermédiaires assez fortement canaliculés sur la face dorsale; les tibias postérieurs le sont à un degré moindre. Quatre tarses postérieurs médiocrement comprimés, densément ciliés en-dessus et en-dessous, de poils courts et raides.

Patrie : Transcaucasie (Fald.). — L'exemplaire typique décrit cet indiqué du Caucase avec doute. L'autre exemplaire est sans localité.

Var. A. *Pimelia persica* Fald. — L'examen des quatre individus de cette espèce (1), provenant de la collection Faldermann (coll. Mniszech nunc Oberthür), ne laisse aucun doute sur la réunion de la *P. persica* à la *P. dubia*, à titre de variété, à peine séparable du type, — ainsi que la diagnose de Faldermann pouvait le faire pressentir.

Il serait absolument inutile de faire la description de la *P. persica*. Nous nous bornerons à indiquer les quelques différences qui séparent celles-ci de la *dubia* typique.

La forme de l'arrière-corps est un peu plus élargie en avant, la déclivité en arrière un peu plus brusque. La tête est un peu plus grande. Le labre est rétréci en arrière beaucoup plus fortement. Les antennes atteignent en arrière les hanches intermédiaires, ayant les articles plus allongés. L'échancrure du menton est un peu plus prolongée en arrière.

Le pronotum est un peu plus court, un peu plus élargi en avant, les dépressions latérales postérieures et transversales du disque moins marquées.

Les élytres sont en ovale un peu moins élargi, ce qui tient à leur largeur un peu plus grande en avant. Les côtes sont un peu plus distinctes en avant; la granulation des flancs est moins serrée et plus fine.

Les granules qui recouvrent les cuisses postérieures et intermé-

(1) Ces quatre individus sont absolument identiques ; l'un d'eux est indiqué comme typique.

diaires sont plus serrées et réunies transversalement, ce qui n'existe pas dans la *P. dubia* typique.

L'abdomen est granulée de même, mais couvert d'une pubescence grisâtre fine qui manque (peut-être accidentellement) dans les deux exemplaires de la *dubia* que nous avons sous les yeux.

Patrie : Caucase, Perse.

Ces caractères différentiels sont trop peu marqués pour nous permettre de conserver la *P. persica* comme une espèce distincte.

Var. B. Fald. (loc. cit.)

Magis rotundata, thorace longiore, elytris brevioribus, utrinque magis rotundatis, supra multo tævioribus et haud lineatis.

Habitat in Transcaucasia.

55. **P. indica** Sén. Ann. Fr. 1882. Bull. p. LVI.

DIAGNOSE. — *Robusta, ovata, convexa, subnitida. Caput læve minutissime, ubique punctulatum. Pronotum transversale, in disco minutis impressum punctis; latera versus laxe granulatum. — Elytra ovata convexa, medio dorso vix deplanata, rarissimis minutissimisque tuberculis, retrorsum et in intervallo primo obliteralis, notata. Costæ dorsales, vix conspicuæ, autrorsum prima prope deficiente. Costa lateralis paulo prominentior, retrorsum evanescens, sed tuberculis nonnullis valde disjunctis, marginalem costam attingens. Hæc paulo post elytrorum basin incipiens, crenata, in posteriore parte et dentibus, separatis muticisque extitit. Inferior epipleurorum margo, humeros versus, prominet et ab alto paululum apparet. — Prosternum rostro terminatur acute protracto. Abdomen ubique granulatum. Tarsi posteriores quatuor compressi, pillis fulvis ciliati.*

DESCRIPTION : Long. 25-28 mill.; larg. 14-16 mill. — Arrière-corps ovoïde, convexe, légèrement déprimé sur le dos, médiocrement brillant. Cette espèce rappelle, au premier abord, la *P. simplex* Sol.

Tête à surface un peu inégale, avec une dépression transversale, fovéolée au milieu, plus ou moins évidente, marquée sur le vertex, ponctuée partout très finement, non granulée. Labre brun-rougeâtre, cilié de poils fauves, ponctué en avant, presque lisse en arrière. Menton échancré, quelquefois en demi-cercle. Antennes hispides, atteignant en arrière le niveau des hanches intermédiaires, à derniers articles rougeâtres ; articles 3-9 cylindriques, le 9e est à peine plus long, mais un peu plus épais que le 8e, 10e article transversal, triangulaire.

Pronotum transversal, deux fois plus large que long ; bord antérieur légèrement concave, à angles antérieurs saillants en dehors et surtout en avant. Bord postérieur coupé carrément; les bords latéraux arrondis de façon à ce que la plus grande largeur du pronotum se trouve à peu près au milieu de la longueur. Disque lisse, finement ponctué. Parties latérales peu densément granulées. Prosternum terminé par un bec assez marqué, peu acuminé, et qui se dirige en arrière et un peu en haut.

Elytres de même largeur, à la base, que le bord postérieur du pronotum, arrondies ensuite en ovale régulier, se prolongeant un peu en arrière où il se rétrécit. Elles sont très légèrement déprimées sur le dos, et présente des granulations très fines, écartées, suboblitérées dans le premier intervalle et en arrière dans toute l'élytre, de façon à devenir presque inappréciables. Première cote dorsale presque nulle en avant où elle est remplacée soit par une carène fine et oblitérée, soit par quelques petits tubercules très écartés. Dans la deuxième moitié, elle est formée de quelques petits granules écartés. La deuxième côte dorsale commence à une petite distance de la base par de petites granulations très écartées, plus fortes et plus rapprochées entre elles dans le tiers moyen de l'élytre, presqu'imperceptible dans le dernier tiers où la côte s'arrête au même niveau que la première. La côte latérale est plus saillante, à tubercules un peu écartés en avant, et tendant, en arrière, à se réunir à la côte marginale. Celle-ci est saillante, crénelée, et ne commence, en avant, qu'à une petite distance du bord antérieur des élytres. En avant en en arrière, les crénelures qui la constituent sont plus écartées. Epipleures limitées en bas par un bord saillant qui déborde en avant la côte marginale. Il en résulte une petite saillie à l'épaule, saillie appréciable lorsqu'on regarde l'insecte perpendiculairement de haut en bas.

Abdomen pubescent et granuleux.

Tibias antérieurs peu prolongés en dehors, en une dent médiocrement aiguë. Tibias intermédiaires assez profondément cannelés. Tibias postérieurs nettement aplatis. Quatre tarses postérieurs comprimés, ciliés de poils d'un fauve rouge, assez raides, couchés et un peu plus longs en dessus que sur le bord inférieur, où ils sont parfois réunis en touffes.

Cette espèce existe dans un certain nombre de collections, sous le nom inédit que nous lui conservons. Elle provient des Indes orientales. Un des exemplaires portait, en outre, l'indication de Himmietsh. D'après M. R. Oberthür, cette appellation serait synonyme de la ville de Himmis, indiquée sur les cartes de provenance anglaise, et faisant partie du royaume de Cachemir (ou plus exactement Kachmir).

Types : Coll. de Marseul, Oberthür, la mienne, etc., etc.

TABLE ALPHABÉTIQUE

DES ESPÈCES DÉCRITES DANS CE VOLUME

Species invisa ignotaque

P. Serricosta Sol. Ann. Fr. v. 1836, p. 102.

Charleville. — Imprimerie de AUGUSTE POUILLARD.

www.ingramcontent.com/pod-product-compliance
Lightning Source LLC
LaVergne TN
LVHW020324230826
846091LV00003B/754

* 9 7 8 2 0 1 3 0 2 6 0 7 9 *